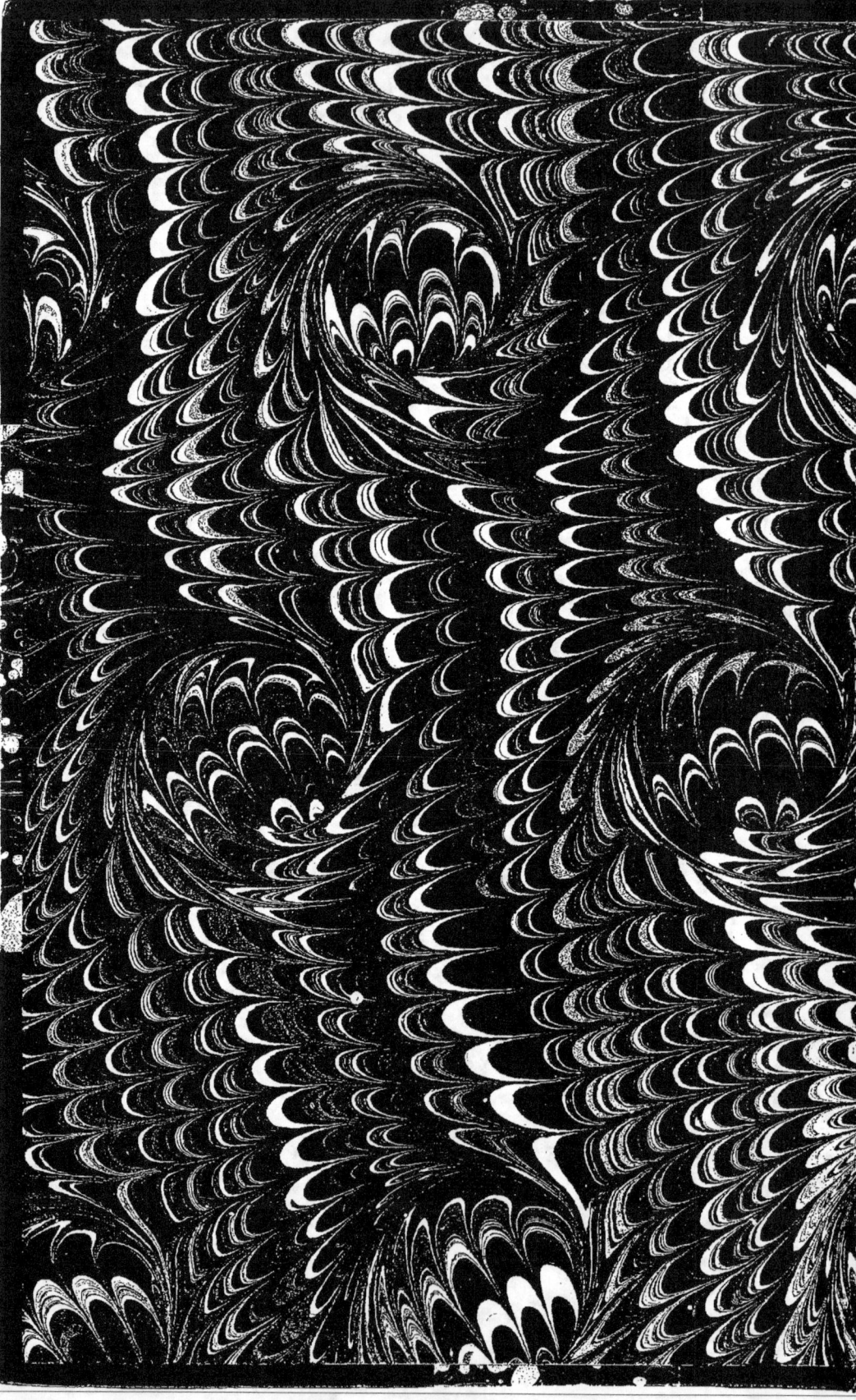

Tandis qu'autour le vent arpège
Des sons clairs.
Se convulse, au vent, le linge
Blanc comme neige :
Les prés dorment, calmes et verts
Sous le soleil aux rayons clairs.

Et voici que s'avance vers
La candeur du linge
L'enfant du village
Ah la joie de l'enfant pervers
Dont le rire monte en arpèges !

Les chemises de neige
Ont des ballonnements pervers ;
Et le frissonnement du linge
Évoque la tiédeur des chairs.
Spasmodique, le linge
Que pousse le vent du village
Danse sur les prés verts.

Se pendant aux cordes qu'allège
Chaque souffle d'air,
Les chemises du village
Semblent des femmes de neige.
L'enfant, plein de rires pervers,
Tâte le blanc du linge
De sa mère, et tâte les chairs
Que voile la neige.

Paul-Marius ANDRÉ.

(1890)

La Fée Aurore

—

A Paul Redonnel.

I.

Magicienne dont les yeux
Brodant les cimes éternelles
Illuminent l'azur des cieux
D'un seul signe de leurs prunelles,
C'est toi dont les tièdes frissons
Sur la campagne rajeunie
Allument l'orgueil des moissons...
O fée Aurore, sois bénie !

II.

C'est toi qui colores les vins
Aux lueurs fauves de topaze,
Mêlant ton âme aux jus divins
Dont l'allégresse nous embrase ;
C'est toi dont le sourire ambré
Du suc de la pomme jaunie
Tire le bon cidre doré...
O fée Aurore, sois bénie !

III.

C'est toi qui répands sur le front
D'une folle maîtresse blonde
L'or que toujours nos cœurs boiront,
L'or dont notre ivresse s'inonde ;
C'est toi dont la crinière en feu
Tord les soleils de l'Ionie
Au cou de mon astre à l'œil bleu...
O fée Aurore, sois bénie !

IV.

Oriflamme de l'Idéal,
C'est toi qui fais en nos cervelles
Les visions de Floréal
Sonner des fanfares nouvelles ;
C'est toi dont le souffle enchanté
D'une éblouissante harmonie
Arme la jeune Liberté...
O fée Aurore, sois bénie !

V.

C'est toi qui par les matins fous
Où la brume file en déroute
Fouettes le sang des gais pioupious
Levant la poudre de la route :
Toi qui mets, baisant l'oripeau
Que la France prend pour génie,
Des airs de victoire au drapeau...
O fée Aurore, sois bénie !

Léon DUROCHER.

Deliquescence [1]

—

A Paul Verlaine.

Comme une amertume lointaine,
Faillit dans l'esprit tourmenté,
Quand le rêve documenté
Surgit dans sa sphère hautaine.

Et, tandis que l'âme — incertaine —
Cherche le réel commenté,
Comme une amertume lointaine
Faillit dans l'esprit tourmenté.

J'aime aller, vêtu de futaine,
Près du ruisseau clair, augmenté
Par le rayon diamanté :
Et je vois dans l'humble fontaine
Comme une amertume lointaine.

Alfred GAUCHE.

CRITIQUE LITTÉRAIRE

Enivrances, par Alfred Gauche.

Musset, dans Namouna, s'exprime ainsi pour exp
quer comment nous faisons des vers : « C'est le cœ
qui parle et qui soupire lorsque la main écrit, — c'e
le cœur qui se fond ; c'est le cœur qui s'étend :
poète est au ciel, et lorsqu'en vous poussant il vous
fait monter, c'est qu'il en redescend. »
... Alfred Gauche redescend donc du ciel et il nou
arrive plein de joie, si bien que ses chansons, por
lui (comme pour nous, d'ailleurs) sont de vraies en
vrances. A peine un tremblement de voix, un doute ;

Le meilleur reste au fond de l'âme, inaperçu...

Qu'il ne s'y trompe pas, l'auteur, malgré ses triste
ses versifiées ; un « désespoir qui se berce au cha
des vagues cadencées » n'est pas nn désespoir sincèr
Presque aussitôt, ne nous l'avoue-t-il pas :

(1) Enivrances, 1 vol. chez Savino (Voir critique littér

...J'éteindrai mon cœur de flamme,
    Si tu veux
Laisser glisser dans ton âme
    Mes aveux ?

Et comme les « étoiles rieuses » de la belle se sont éclairées d'un doux assentiment, le poète se sent défaillir, s'extasie :

Faites — ombres crépusculaires —
Sur moi vos langoureux mystères :
Mon cœur est plein d'un doux aveu ;

Soyez clémentes et propices,
Et mon âme sous vos auspices
Ouvrira son aile de feu !

...ante le printemps, les fontaines qui sanglotent aux ...biles, les douces attirances vers « les seins blancs et ...ses », l'amour enfin :

O petit Amour infidèle,
Tu te moques des cadenas ;
Et pour te faire ouvrir tu n'as
Qu'à frapper du bout de ton aile.

L'enivrement est dès lors si profond, que le poète ...sse chanter son cœur, sans surveiller d'un peu près ...chanson balbutiée :

L'aurore aux doigts de rose a fait l'aube vermeille...

...vers de jeunesse qui détonne dans un volume soigné ...mme celui de M. Gauche. Peut-être même ne l'a t-il ...s vu ? car s'il est poète il est artiste non moins. Sa ...le excuse serait de n'avoir brûlé les premiers essais ...qu'après en avoir fait copie !
Et si j'avance que Alfred Gauche soit soucieux de la ...me, je le constate en lisant les beautés plastiques de ...s *Vieilles chansons* dont quelques unes sont absolu...ent réussies. Voici un triolet d'une pénétrante et naïve ...uceur :

Celle que j'aime est une enfant,
C'est une enfant celle que j'aime :
Elle est si belle ! et cependant
Celle que j'aime est une enfant.
Je n'ai pu la voir qu'un instant,
Et depuis ma peine est extrême...
Celle que j'aime est une enfant,
C'est une enfant celle que j'aime.

...groupe des sonnets est d'allure plus sévère, d'une forme ...s châtiée, mais le poète s'y montre moins personnel, ...ut-être, que dans le reste du volume. Ses *Intimités* ...ntiennent, par contre, des beautés réelles ; depuis ...oppée — dont l'influence ici est flagrante — nous ...vions eu pareille candeur sincère :

Bien des gens veulent être aimés ; mais je préfère
Aimer...

   . . . .

Comme l'été venait, il arriva qu'un jour
Elle sentit son pauvre cœur pris par l'amour...

Prévoyant ce rapprochement, Alfred Gauche a mis ...ns cette partie du livre une pièce au rhythme libre ...e Coppée n'eut point signée, quoique très belle :

Extase rayonnante,
Qui nous vient de Dieu, sois mon réconfort.
Fais que ton idéal d'azur fleurisse et chante ;
J'ignore la douleur présente
Lorsque dans ton sein mon âme s'endort.

Les *Enivrances* répondent parfaitement à leur titre ; ...isé par la rime et le rhythme, le poète a laissé chan...r son cœur et il n'a fait que transcrire — ce qui, ...rès tout, est une façon comme une autre d'essayer ...enivrer le cœur des autres.

            SAINTE-CLAIRE

La Chevalière de la Mort
par M. Léon Bloy.

Pourquoi la haute et royale figure de Marie-Antoi...tte, « Chevalière de la Mort »; « Archiduchesse du Saint-Empire des Sept Douleurs », est-elle demeur... à travers le temps, si populaire ? Pourquoi le souve... de cette lamentable destinée a-t-il laissé dans l'esp... des hommes une trace si douloureusement et si obs... nément profonde ? Pourquoi sommes-nous, si émus ... la beauté de « la veuve Capet », si attendris par ... courage, si révoltés par l'abomination de ses juges, ... l'horreur infinie de sa condamnation, si remués, ... exaltés, si soulevés par la résignation de ses derni... jours, son suprême détachement, sa hautaine ... ?

Avec l'accent de l'absolue certitude, Léon B... nous répond : « Parce qu'elle ne fut pas une sainte ...
Et il a raison Léon Bloy, indiscutablement raison...
Rien de surnaturel, en effet, dans cette vie et d... cette mort. Les tortures de Marie-Antoinette fur... *humaines* et elle les endura *humainement*, avec ... indignations, des violences, des larmes, des adju... tions, des cris, des protestations de la conscience, ... révoltes et des soulèvements de l'âme tout entière.

Comment pourrions-nous donc ne pas la chérir ai... et ne pas la plaindre ? Elle est, en somme, toute ... reille à nous... oh ! oui, elle est bien de même natu... de même essence que nous, quoique plus haute inf... ment par la grandiose intensité de sa souffrance !

Toute autre nous apparaît Mme Elisabeth. Celle-... nous le sentons bien, vit et aime ailleurs ; elle ... la grande famille des créatures d'élection ; le mon... matériel et visible est pour elle d'un prix médiocre ; ... la constante préoccupation de sa pensée, par l'eff... toujours renouvelé de son désir, elle appartient ... monde invisible. Comme on dit dans les livres pie... *sa conversation est au Ciel.*

Aussi, ne lui avons-nous gardé à elle, à *la Sain...* qu'une admiration un peu froide et un respect s... limite.

C'est à peu près ainsi qu'au théâtre nous admir... Polyeucte. Nous le trouvons très grand, en vérité, ... Polyeucte, et très beau, et très intrépide, et très ... mais, tout de même, notre cœur n'est pas avec lui, ... angoisses ne sont pas pour lui, nos espérances v... ailleurs, moins haut... très logiquement — à Paul... et à Sévère.... Pourquoi sommes-nous ficelé... la terre, aux passions de la terre, à toutes les bas... choses de la terre, par les sales liens de l'imaginati... et des sens ?...

Elle fut un *homme*, pourtant, (le mot est de MM... Goncourt), un vrai homme, l'héroïque Mme Elisabe...
Et il fallait bien, mon Dieu ! qu'elle eût l'âme viri... lorsque le pitoyable Louis XVI n'était roi que par ... titre, homme que par l'apparence ! préoccupé de ... graphie et de serrures, ce Rien des Lys, comme l'a ... pelle avec mépris Léon Bloy, ne sut jamais ni gouv... ner, ni oser, ni même se défendre, ni même voulu ... ni même fuir ! Il n'y eut d'auguste que la dernière ... nute de sa vie. Il se montra roi sur l'échafaud. C'ét... s'y prendre un peu tard !....

Mais à quoi bon vous dire ces choses, quand Lé... Bloy vous les démontre, lui, avec la rigueur de s... raisonnement, avec le despotisme de sa logique, da... cette langue qu'il a créée de toute pièce pour son p... sonnel usage, langue robuste comme sa pensée, exc... sive comme son imagination, mystérieuse et guerri... comme son âme, langue de fer et de feu, qui illumi... l'esprit étrangement, violemment, et s'impose à l'ad... ration par la force.

Le cerveau de celui qui la parle, cette virile et ... périeuse langue, est hospitalièrement ouvert à tou... grandeur, à toute souffrance, à toute beauté, d'... qu'elles viennent ; aussi, y a-t-il toujours surprise no... velle, à chaque livre nouveau de Léon Bloy.

Et c'est pourquoi les braves gens qui ont lu tout ... les œuvres du maître écrivain et qui s'imaginent naï... ment avoir fait ainsi le tour de son esprit et l'intime ... définitive connaissance de son âme, auront, je le le ... prédis, quand ils ouvriront la *Chevalière de la Mo...* un certain étonnement.

La Plume, 15 mars 1891   Alcide GUÉRIN.

L'impression sous laquelle on demeure après la lecture de ce Roman-Étude, est peut-être l'autre, et un lugubre, un lugubre où l'on [...] d'un drame s'enveloppant de ses ténèbres qui se mêle aux regards, demeurait avec l'idée de l'auteur se [...] sous le **noir** des [...] [...] ne te [...] et être devine que de quelque [...] pour cela qu'il ne [...] qu'à un moment [...] On ne peut nier le talent, talent étrange, [...], mais réel ; réel que la [...] [...], la nouveauté de la vie en la [...] philosophie de l'ensemble. On y [...] toutefois celui qui le possède.

Léon Bloy a dû souffrir de l'injustice des hommes, peut-être ; de leur [...] sans [...] il est sûr, mais il a souffert sans [...] [...], il s'est isolé. Il y a tant de [...] d'[...] dans la cuisine de la littérature [...] [...], que je ne le blâmerais pas, [...] [...] il était [...] au coin du [...] [...]. Lorsqu'il frappe sur le XVIIIe siècle et le [...], justement d'ailleurs, il [...] sur la [...], on sent, on devine que sa main frappe et touche dans la [...] [...] par besoin de [...] [...] [...] partie de ceux qu'il [...]

LÉON BLOY *Offert par Georges Landry*

LA
CHEVALIÈRE
DE LA MORT

Tiré à 100 exemplaires
10 A

GAND
TYPOGRAPHIE A. SIFFER
RUE HAUT-PORT, 52 & 54

1891

C

LA
CHEVALIÈRE DE LA MORT

LÉON BLOY

LA

CHEVALIÈRE

DE LA MORT

Tiré à 100 exemplaires

GAND

TYPOGRAPHIE A. SIFFER

RUE HAUT-PORT, 52 & 54

1891

LA CHEVALIÈRE DE LA MORT.

Dédié à ma Sœur Danoise MARIE MOLBECH

I

Dies iræ

Fuissem quasi non essem :
de utero translatus ad tumulum.
JOB. 10.

MARIE-ANTOINETTE naquit le Jour des Morts. L'Église chantait la Colère et les assises épouvantables du juste Juge. Tous les sanctuaires catholiques retentissaient des lamentations des vivants priant pour les trépassés.

Marie-Antoinette, la blonde *Chevalière* d'une Mort plus effrayante et plus belle que la symbolique faucheuse d'Albert Dürer, Marie-Antoinette, archiduchesse du Saint Empire des Sept Douleurs, vint au jour dans ce deuil des jours, se précipitant du sein maternel aux langes funèbres de sa destinée.

Ses premiers vagissements durent paraître un écho de la Prose terrible et cet écho dans sa pauvre âme n'eut jamais de fin.

Il grandit avec elle dans la pourpre tragique des enfants de roi; s'établit en elle comme dans son palais souverain, voilé d'abord, vaguement intermittent, presque muet et presque sourd dans l'éclat brûlant des fêtes

5

et la folie des acclamations d'un peuple amoureux, plus distinct au déclin de ce bonheur si court ; — puis, tout à coup, immense, dominateur, assourdissant comme un tonnerre, à la nuit tombante des funérailles de la Monarchie.

Le plus poignant des Cantiques de la Liturgie se confondit avec son premier soupir et couvrit de sa clameur victorieuse les adorations et les outrages de ses trente-sept anniversaires.

La Trompette des suprêmes épouvantements ajouta l'infini de son angoisse à la joie des carillons et des vaines canonnades de son baptême ; la cohue des Morts environna, tel qu'un océan, les pieds fragiles de son berceau où sommeillaient toutes les mélancolies de l'histoire ; les infinies terreurs du dernier Jugement planèrent, comme une volée de colombes noires, au dessus de cette innocence que la plus innombrable et la plus opulente des calomnies n'a jamais été capable de déconcerter.

Le Livre, le Trône, le Juge, la précaire sécurité des justes, la surhumaine stupeur de la nature et de la mort, tel fut le chant de la nativité et tel fut l'épithalame chanté sur un mode mineur fort triste, dans l'obscurité de la nuit nuptiale, par le chœur invisible des cent trente-deux écrasés de la place Louis XV.

Quand la Reine de France ira se faire assassiner, elle pourra l'entendre une dernière fois et ce sera l'épithalame des noces éternelles à son entrée dans les cieux.

Le jour sera alors véritablement venu des larmes, du cœur brisé comme cendre, de la séparation d'avec les maudits et de l'espérance dressée vers Dieu, comme une tour solitaire, dans la flamme inextinguible de l'holocauste !

Quel extraordinaire destin et quel prodigieux honneur! Sans doute, d'autres grandes victimes avaient été déjà posées sur le candélabre des expiations, et on sait que l'histoire de chaque siècle est creusée à son centre, ainsi qu'un ravin, par le torrent du sang des innocences égorgées pour la rançon des coupables. Mais je ne crois pas qu'une infortune, humainement soufferte, ait jamais pu retenir autant de beauté dans des mains d'un albâtre plus pur et plus stupidement brisé par le maillet sanglant des mutilations révolutionnaires.

Marie-Antoinette monte dans l'apothéose de son ignominie, couronne en tête, sceptre en main et les deux pieds sur les trois cent mille fronts des spectateurs de son supplice. L'ignoble couperet apparaît comme un *labarum* et change l'histoire. Tu vaincras par ce signe, ô dix-neuvième siècle!

Jusqu'à ce jour, 16 octobre 1793, on avait bien vu des reines décapiter des reines, on n'avait pas vu de reine guillotinée juridiquement par la Canaille, cette goujate majesté des temps actuels. Un tel arrêt ne devait pas manquer à la jurisprudence des abolisseurs de Dieu.

C'est l'inauguration d'une société et la fin d'un monde, dit-on. Moi, j'y découvre la fin de la Loi Salique et c'est ce que n'a pas vu la grandiose imbécillité révolutionnaire.

Marie-Antoinette a fait comme Saint-Denis. Elle a ramassé sa tête coupée et elle s'est mise à marcher et à régner toute seule, cette tête à la main. Règne durable, celui-là, que ne pourront désormais abolir, ni les émeutes, ni les échafauds, ni les fusillades, ni les mitraillades, ni les incendies des capitales.

La Reine Guillotinée, première du nom, règnera par-dessus tous les diadèmes des empereurs et des rois et par-dessus le tortil d'abjection de nos burgraves parlementaires. Cela, jusqu'à ce que s'éteigne en Europe le dernier cœur du dernier homme, la dernière pudeur de la dernière femme et la suprême étincelle des chevaleresques indignations de la conscience chrétienne!

Je veux hasarder ici une assertion qui ne pourra paraître irrévérencieuse qu'aux anthropomorphistes les plus intransigeants de la Légitimité.

Marie-Antoinette n'est si profondément touchante, elle ne s'empare des âmes avec une si souveraine puissance d'émotion que *parce qu'elle n'est pas une sainte.*

Elle ne l'est pas, du moins, dans le sens où l'Eglise entend qu'on le soit et, par conséquent, ses formidables tortures de reine, d'épouse et de mère, ne peuvent être appelées proprement un martyre.

Si elle avait été véritablement une sainte, en la manière de sainte Elisabeth ou de sainte Radegonde et qu'à ses angoisses terrestres se fût ajoutée la surnaturelle agonie de la soif du ciel, — notre misère, à nous, se fût bientôt détournée de cette misère crucifiée dont la splendeur nous eût infailliblement échappé.

La raison moderne répugne au Surnaturel. Tout le monde sait cela, et les Saints, avec leur envol perpétuel au-dessus du temps, offrent peu de prise à nos enthousiasmes de fantassins. Mais heureusement pour la sensibilité de ce crocodile joyeux qu'on nomme la pitié publique, Marie-Antoinette ne fut pas une sainte et ses douleurs n'ont aucune apparence de surnaturel.

Elles viennent à nous simplement du fond de son trône solitaire et du fond de son âme plus royale encore et plus solitaire. Elles sortent de toute sa vie, comme les ruisseaux de sang qui s'échapperaient de tout le corps d'un vaillant homme accablé qui se serait laissé hâcher en pièces jusqu'à la mort.

8

Si l'auguste beauté des souffrances de la Reine nous sépare d'elle infiniment, leur essence même et leur nature nous la rendent prochaine comme une sœur, presque familière et de plain-pied dans nos cœurs.

L'Insulte, la Calomnie, la Honte, la Solitude, qui ne connaît cela? Qui n'a pas été visité dans le bleu de ses plus beaux jours par ces hanteuses éternelles de notre poussière?

La compagne de Louis XVI commença d'être frappée en haut de la France, étant assise au milieu des fleurs de lys d'or, parmi des adorateurs qui ressemblaient à des fleurs de lys de boue, sans nombre...

La hideuse brutalité de ce premier coup la fit chanceler, saignante et pâle, sur la première marche et les adorations impassibles n'interrompirent pas un seul instant, pour cela, l'incandescence de leur perpétuelle extase.

Le second coup fut encore plus formidable. La Reine fut précipitée jusqu'en bas des trois mille échelons de respect, de fidélité et de crainte, étagés comme les dalles de la grande Pyramide entre elle et la plus vile crapule de l'univers.

A ce moment, elle se trouva seule, face à face avec la Révolution qui la prit dans ses bras rouges où l'ancien génie de Moloch avait mis les vigueurs de son renaissant enfer, et brisa doucement la pauvre femme, lui faisant ainsi savourer l'infini des désolations et des terreurs de son étonnante agonie.

Assurément, il n'y a pas là de beauté proprement divine. La fleur mystique ne s'élance point, dans une soudaine germination, de la ruisselante blessure de ce beau corps, de même qu'on le voit pour les saints Martyrs en les naïves représentations des antiphonaires anciens.

9

Mais la Beauté humaine, l'indigente beauté humaine surabonde et crève de compassion tous les cœurs. Les tendresses et les fidélités de la terre stationnent en silence autour de ce pauvre cercueil lamentable dont aucune pompe n'écartera les larmes expiatoires des vrais pauvres et des vrais lamentables jusqu'à la dernière heure du monde.

Je n'ai certes pas le dessein de raconter une fois de plus cette histoire mélancolique où s'accumulent tant de larmes, tant d'effroi, tant d'innocence glorieuse, en vue de restituer à ce passé dont nous tressaillons encore, une ombre d'actualité qui ressuscitât les indignations. L'époque révolutionnaire est d'ailleurs si vomitivement dénuée de grandeur !

« Tout est dit », écrivait ce bavard de Labruyère en commençant son livre. Je n'en crois rien. Je suis même persuadé que tout est à dire et qu'en somme, rien n'a été dit sur rien.

Le livre de MM. de Goncourt paraît incontestablement définitif. Mais ils n'ont pas tout dit, d'abord parce qu'on ne peut pas tout dire, ensuite parce qu'ils n'étaient pas chrétiens et qu'ici, il faut l'être absolument.

Je sais que la vulgarité s'accommode facilement d'un mot de Labruyère. La mémoire de Marie-Antoinette ne s'en accommode pas. La calomnie a donné sur elle sa légende, la légende à son tour a nourri la calomnie et certes, il n'y a pas de place pour une rengaîne de plus.

La peinture, la sculpture, la gravure, la poésie et le roman se sont rués sur cette malheureuse avec l'acharnement imbécile de la banalité triomphante. L'éternel cliché de la niaiserie sentimentale n'est pas près de faire grâce à cette infortune. On débitera longtemps encore des *Famille royale au Temple*, des Louis XVI et des Marie-Antoinette priant pour leurs bourreaux et des cordonniers Simon comme s'il en pleuvait. Tout cela conçu dans ce goût marécageux de pleurnichage faux et exécrable dont l'imagerie dévôte paraît avoir le secret et qui dégoûterait même du vice si d'aussi bêtes images en étaient manufacturées.

Je pense donc qu'il y aurait encore un beau livre à faire sur Marie-Antoinette, s'il était possible aujourd'hui de rencontrer un catholique ayant du génie. Tout ce que je peux faire, c'est d'appeler un tel oiseau bleu, en m'égosillant sans espoir.

A la lumière d'un concept nouveau, cet homme vraiment extraordinaire nous la montrerait enfin telle qu'elle fut, cette pauvre créature sublime que ses amis et ses ennemis se sont également acharnés à déshonorer, les uns par l'infâmie, les autres par le ridicule.

Très pauvre et très sublime, en effet, et si ressemblante à nous tous que les rigides historiens de la Révolution vont jusqu'à lui pardonner d'avoir été assassinée, d'avoir souffert plus que la mort et qu'ils la font entrer dans le paradis de leur pitié, — pour sa récompense du verre d'eau qu'elle laissa tomber sur la langue altérée des imbéciles, en ne devenant pas une de ces Saintes dont l'Eglise romaine honore la vie et qu'elle place, après leur mort, sur ses autels.

II.

Les Bucoliques de Moloch.

Pastores tuos pascet ventus.
Jérém. 22.

S'il y eut jamais quelque chose de petit, c'est le dix-huitième siècle. Il fallait la jocrisserie héroïque du dix-neuvième et la cuistrerie concave de nos doctrinaires pour le faire paraître grand. La petitesse du dix-huitième siècle est entièrement originale et n'appartient qu'à lui.

Qu'on le prenne où on voudra, dans ses mœurs ou dans ses arts, dans sa politique ou dans sa philosophie, on n'y trouvera pas le plus imperceptible relief de beauté ou de force humaine.

C'est un aplatissement universel des âmes. C'est le *ventre à terre* de toute une société devant Dieu, non pour l'adorer, mais pour qu'il passe sans toucher personne, comme le tourbillon de feu d'une batterie qu'il faut emporter d'un seul coup, quand elle ne tonnera plus.

Seulement le sol était si détrempé où cette société s'était couchée et le ventre avait tellement adhéré à la fange, que les trois ou quatre générations qui avaient pris cette attitude ne purent jamais se relever.

Les canons et les cavaliers passèrent dessus et la victoire de Dieu s'en alla plus loin chercher des poitrines.

Le dix-huitième siècle eut une haine furibonde auprès de laquelle les haines du dix-neuvième ressemblent à de l'amour, la haine de l'héroïsme.

Cette haine atteignit des proportions puniques et ce fut là, si on veut, sa manière à lui d'être grand, son unique grandeur.

Ce fut une haine sauvage, une exécration endémique et désespérée qui mâchait les balles, empoisonnait les fontaines, incendiait les campagnes, embuscadait les peuples et les rois et les entassait comme des cloportes venimeux, dans les ravins, dans le fond des bois, sur le rebord de tous les sentiers du cœur humain.

On se mettait à cent mille contre une femme ou contre un vieillard et l'on faisait des encyclopédies pour enregistrer la victoire. On avait des supplices pour tous les genres de grandeur et des piloris pour toutes les manifestations de la beauté.

12

Le singe est la bête d'élection et d'affection du dix-huitième siècle. La remarque est de MM. de Goncourt et c'est un trait de lumière (1). Ce singe remplace N. S. Jésus-Christ et grimpe sur tous les autels.

Il est, sous le nom de Voltaire, l'avant dernière incarnation de Moloch et son dernier avatar, avant d'arriver à Robespierre qui réalisera la définitive splendeur de son intégrale résurrection. En attendant qu'il boive le sang, il dévore les âmes et travaille son appétit de démon.

Ce fut une époque merveilleusement superficielle où il semble que tout le monde naissait avec le don de ne rien entendre aux choses supérieures.

L'éducation morale de l'enfance et de la jeunesse est proprement un assassinat par l'intoxication des plus épouvantables dissolvants.

Une espèce de paganisme mollasse se combine avec je ne sais quels détritus infects de Port Royal. Greuze tempère Lucrèce et le miel sauvage des *Géorgiques*, recueilli dans les flancs entrouverts des taureaux d'Aristée, transformé en une mélasse impure, découle du bec jaune de Fontenelle sur la palette rose de Boucher ou de Fragonard.

Les hommes de ce temps grandissent dans une espèce de lumière lavée et trouble à travers laquelle ils aperçoivent le ciel comme le frontispice turquin d'un poème encyclopédique, et la nature comme une idylle à la Déshoulières ou à la Florian, pleine de petits moutons blancs et de petits arbres bleus découpés sur de petites aurores fleur-de-pêcher et se prolongeant ainsi indéfiniment sous les horizons.

_____

(1) *La Femme au* 18e *siècle,* 1862.

La vie entière devient une pastorale ou un madrigal pour ces mortels allégoriques auprès de qui les prostitués Byzantins du XVe siècle prennent dans l'imagination terrifiée, les proportions titanesques des prosopopées eschyliennes.

Si parfois, l'âme humaine asphyxiée dans ce fumier de fleurs et n'en pouvant plus, s'élançait par un suprême effort dans la direction des cieux, la pitoyable débilité de cet élan là faisait aussitôt retomber sur l'impur tréteau du naturalisme critique des philosophes ou dans le prochain cloaque du diabolisme humanitaire et mélancolique de Rousseau. La conscience râlait sous les décombres de l'univers.

Il y avait bien aussi ce fameux *plan incliné* de la création dont les âmes sentimentales ont tant parlé. Mais c'était, à vrai dire, une pente effroyable qui descendait de Louis XIV et s'en allait, à travers trois règnes de boue, droit au panier de la guillotine. On couchait les femmes sur cette pente et elles dévalaient ainsi jusqu'en bas, faisant éclater aux yeux des moins clairvoyants la splendeur mathématique des lois de leur chute...

Le XVIIIe siècle, ce fanatique de petitesse, ne paraît pas s'être douté du spectacle d'agonie qu'il offrait au monde.

Quelques mots célèbres ne prouvent rien, quelques prophéties tombées de la bouche oraculaire des demi-dieux du jour, ne nous donnent pas le droit de supposer que les hommes de ce temps-là eurent plus de clairvoyance que d'autres sur leur propre dégringolade.

Le monde d'alors, allait, au contraire, avec la sécurité la plus inouïe, à la conquête philosophique du désespoir et prenait, avec tout l'enthousiasme possible, pour une délicieuse fleur de puberté, le redoutable balbutiement obscène de sa dernière enfance.

On croyait au retour d'Astrée, les ténébreuses superstitions avaient fui, balayées au loin par la victorieuse lumière encyclopédique. L'esprit humain était affranchi et l'économie politique, enfantelet nouveau de la sagesse des nations, apportait à la terre une inépuisable corne de prospérités.

Hélas! à côté, au dessous du déficit palpable de l'argent que toute la France voyait plus ou moins de ses grands yeux charnels prédestinés au vertige, — il y avait, profond et inscrutable comme la nuit de l'espace, l'incomparable déficit de la Raison humaine.

Substitution cartésienne du *moi* à Dieu dans tous les ordres de faits politiques ou scientifiques, substitution du papier à la loi d'obéissance, refonte générale des constitutions, découverte inespérée des Droits de l'Homme, système de la nature, système du crédit, systèmes de l'athéisme et de la banqueroute, abolition des privilèges de la noblesse et inauguration des privilèges de la canaille, de cette sainte Canaille qui finira par avoir ses poètes, en attendant qu'elle ait sa chapelle silencieuse et son vitrail mystique dans la cathédrale de Michelet, le rédacteur inspiré des *Paralipomènes* de la Calomnie!

Interminable serait la liste des songes enfantés dans cette nuit sans exemple de l'esprit français. On sait ce qui s'en est réalisé. On sait combien furent glorieuses à la France les découvertes inouïes de cette génération de Prométhées et combien profitables les résultats!

A l'extrémité inférieure de toute décadence de nation se trouve ordinairement la rhétorique, cette interminable queue de poisson de toute sirène révolutionnaire.

Je ne parle pas de cette rhétorique immuable et indestructible, adhérente à la muqueuse universitaire, qui bâve ses identiques formules sur trente siècles de civilisation.

Celle-là n'a nul besoin de révolutions pour éclater aux yeux des hommes comme la fleur pourprée d'un pavot académique. Tous les temps et tous les milieux lui sont favorables. Elle est naturellement accommodée à tous les événements imaginables et s'ajuste avec une égale bénignité à tous les genres de catastrophes et à toutes les fantaisies heureuses de la fortune.

Une coupole Mazarine ; un fauteuil présidentiel ; une chaire métropolitaine ; une tribune parlementaire ; un banquet politique, hippophagique ou même anthropophagique ; le jour bleuâtre d'un estaminet électoral ; le fond du puits de l'astrologue inattentif ; le tréteau éclectique d'un avocat désespéré ; le marbre lacrymatoire d'un Mausole de l'épicerie ; la cuisine de Locuste même, dans le recueillement sacré de ses élucubrations et de ses mixtures ; tout est bon à la rabâcheuse éternelle, tout est capable de l'inspirer et de rendre sonore son antique tambour.

Je n'ai rien à dire à cette cantatrice déplumée du morne théâtre de la Rengaîne. Mais il reste la rhétorique de l'actualité, du fait immédiat, appropriée et soudaine qui surgit un beau matin, comme un cryptogame démesuré, après une pluie d'été, au pied d'un vieil arbre expirant.

C'est la rhétorique spéciale des artificiers de la badauderie de tous les siècles à leur déclin. C'est le revers crasseux de cette défroque d'Arlequin qu'on est convenu d'appeler le style ou le génie d'une époque, même dans le dénûment total de tout style et de tout génie.

Ainsi le XVIIIe siècle avait produit la rhétorique du trumeau qui allait se combiner dans un précipité sans exemple avec le gongorisme méduséen des sansculottides de la fraternité.

16

Une rhétorique telle qu'on n'en avait jamais vu chez aucun peuple, apparut en ces temps, comme un météore prodigieux, annonciateur désorbité de la débâcle universelle.

Pour concourir à l'enfantement de cette rhétorique féconde en stupéfactions, toutes les rhétoriques connues de tous les âges avaient apporté leur pollen le plus efficace, à travers la nuit du passé, malgré les tempêtes et les ouragans d'un ridicule exterminateur.

Le feu des bûchers de l'Inquisition, les ténèbres du moyen-âge, le poison des Borgia, le couteau de la Saint Barthélemy, le glaive d'Harmodius et d'Aristogiton, la chute des Trente Tyrans et la draperie stoïque des deux Brutus, l'hiératisme franc-maçonnique de Weishaupt et le vicariat savoyard de l'évangéliste Jean-Jacques, la fédération des peuples par dessus les océans étonnés et l'apostolat transatlantique des insurrections trois fois saintes! etc. Le génie déclamatoire de toutes les races sublunaires concourut à l'agrégat surhumain de cette rhétorique miraculeuse qui inscrivit dans l'histoire la déclaration des Droits de l'Homme.

Les roseaux pensants contemplèrent cette mascarade de vingt cinq millions de Spartacus ou de Scévolas armés de piques et casqués de bonnets phrygiens, qui donnaient l'idée d'un grand peuple numismatique en rupture de médaille.

Et cependant, à travers cette immense Courtille de têtes coupées, dans la poussière de tous les effondrements, apparut indigente et triste, la faible nature de l'homme, plus dépouillée et plus distincte qu'elle n'était jamais apparue.

Sous le masque sanglant d'une rhétorique transcendante poussée jusqu'à l'égorgement et jusqu'à la terreur suprême, l'homme immuable, le misérable Homme de la Chute, suait et haletait dans son éternelle lamentation.

17

Que les historiens ou les dramaturges imbéciles nous parlent à longs jours des géants de 93! Ces Adamastors de la tempête se sont évaporés dans leurs propres songes et si complètement évanouis dans l'espace qu'ils n'ont plus rien de grand aujourd'hui que l'énorme silence de la Pitié sommeillante sur leur cercueil...

Le calendrier de l'histoire est ainsi fait qu'il fallait ce carnaval de la Liberté pour précéder la grande pénitence, le grand Carême du Despotisme prêché par Napoléon devant toute l'Europe, sur soixante champs de bataille et dans la fumée du sang de quatre millions de morts!

Quant à cette pauvre Marie-Antoinette, elle vint en France comme ce délicieux arc-en-ciel du matin qui présage, dit-on, le mauvais temps.

Elle arriva juste au moment qu'il fallait pour relier et fondre ensemble les deux rhétoriques : la rhétorique du trumeau et la rhétorique du couperet; et, de ces deux rhétoriques, celle qui lui trancha la tête fut assurément la plus miséricordieuse. La simple mécanique de Guillotin lui fut moins cruelle, en somme, que la mécanique compliquée de l'Etiquette de Versailles et produisit en elle un moindre *raccourcissement*.

Cette grande porphyrogénète fleurdelysée dont le prince de Ligne a dit « qu'il ne lui avait jamais vu une journée parfaitement heureuse, » fut emprisonnée, dès le premier jour, dans le cérémonial de la Cour de France, comme une libellule dans un tourbillon.

L'Etiquette portée naguère par Louis XIV, comme ce monarque porta toutes choses, au sommet de sa vaste perruque, sans qu'un seul poil en fût dérangé, l'Etiquette non ensevelie avec le grand roi, s'était appesantie comme une bagatelle accablante sur ses lamentables successeurs. Louis XIV n'avait pas été seulement le roi de France, il avait été la plus haute et la plus accomplie formule de la Monarchie dans les temps modernes. La formule royale apparut incarnée en cet homme médiocre, dans l'équilibre superbe d'un très long règne, magnifiquement pondérée par toutes les formules subalternes de l'obéissance et du respect de douze siècles accumulés en piédestal sous les quatre pieds de son trône d'or.

Il eut le rayonnement surnaturel de la Fonction suprême et l'impassibilité quasi-divine de l'Investiture de toutes les souverainetés chrétiennes vassales de lui.

Le grand miracle de Louis XIV est d'avoir résisté à la mythologie de sa prodigieuse situation. Il demeura un homme après tout, ce Salomon, parfois même un homme humilié et tremblant dans sa gloire, et il mérite pour ce fait d'être regardé comme le thaumaturge de l'humilité impossible.

Quand Versailles, cette exorbitante miniature de ses rêves, fut habité par lui, un immense besoin d'uniformité naquit dans le silence solennel de cet horizon de bois et l'Etiquette, passablement lâche et facile dans les jours troublés de la Fronde, devint cette règle rigide, austère, difficile et inexorable qui rappelle le renoncement monastique et dont Louis XIV fut le fondateur ou, tout au moins, le réformateur. Il faut lire Saint-Simon et, surtout, les *Mémoires* du marquis de Luynes, pour avoir une idée de cette Trappe royale de la Stricte Observance dont on s'est moqué fort inconsidérément, car c'était une chose réellement profonde et qui ne tendait à rien moins qu'à l'exclusion de tous les réfractaires à l'obéissance et de tous les ambitieux sans *vocation*.

Après Louis XIV, l'Étiquette devint ce que devient ordinairement toute grande Règle monastique après la mort de son fondateur, une lettre majuscule en tête

19

de tous les *chapitres* de la médiocrité ; une rubrique dont l'esprit s'efface, indéchiffrable à force d'être surchargée.

Le catafalque du grand Roi fut illuminé des tristes flambeaux de l'orgie prochaine que la Régence allait inaugurer pour soixante ans et la grande voix de Massillon n'éteignit pas ces effrayants luminaires. Ils brûlèrent, inextinguibles, jusqu'à la bobèche et consumèrent la table même du festin.

Le *Mané, Thecel, Pharès* de la Monarchie fut écrit par la même main qui avait courbé l'Europe aux pieds de l'ancêtre de Balthazar, et c'était justement la main de l'Étiquette. Il convenait, sans doute, que l'omnipotence des rois très-chrétiens achoppât contre cette poussière et trébuchât misérablement dans son orgueil, comme le colosse aux pieds d'argile des quatre monarchies du prophète.

Toujours est-il que de l'héritage de Louis XIV il se trouva que c'était encore cela qui pesait le plus et que sa descendance en fut écrasée. Ce qui avait été une cravache disciplinaire aux mains du bâtisseur de Versailles devint un fléau sur les épaules des démolisseurs qui vinrent après lui.

Louis XV, lui-même, qui n'était pourtant pas encombré de scrupules et qui n'exigeait pas que le plaisir fût extrêmement respectueux pour sa majesté sacrée, Louis XV régna toute sa vie sous l'Etiquette et n'essaya même jamais de s'en affranchir. Il ne se débraillait pas devant la foule comme on l'a tant fait croire aux engoulevents de la crédulité démocratique. Il était, au contraire, le plus sanglé et le plus consigné monarque de son époque.

Louis XIV ayant étiqueté l'adultère comme tout le reste, les maîtresses de Louis XV appartinrent de toute nécessité à l'une ou l'autre de ces deux catégories : les surnuméraires et les fonctionnaires. Les premières contraignaient le roi à des escapades que l'Etiquette rendait difficiles et malpropres; les secondes le faisaient passer sous les ignominieuses fourches caudines de l'adultère *stylite* de Louis XIV, adultère prévu, légitimé, discipliné et rationné par un cérémonial qui remplaçait Dieu et qui était le roi des rois.

Le pauvre Bien-Aimé n'était pas de force à sortir jamais de ce cercle de Popilius : un coup d'état ou la vertu. Il ne put accomplir ni l'une ni l'autre et s'en alla, après un nombre déterminé de jours frivoles, dans un autre royaume que le sien, dans un royaume bien étranger et dont l'Etiquette, par malheur, lui était bien peu connue. Il trépassa comme un vieux pilote sans vigilance, léguant à ses petits enfants une vieille boussole affolée, une nef criblée et désemparée et les légendes en taille douce de Cythère pour faire face à de prochaines dislocations.

Louis XVI n'eut pas de maîtresses et c'est tout ce qu'on en peut dire. Il interrompit en ce point la tradition et fut ainsi le négociateur malheureux de la vertu sur le marché européen où cette banale valeur était généralement dépréciée. Mais le monde est ainsi fait qu'il se donne à ceux qui le méprisent, quand une force redoutable est derrière leur mépris, et Louis XVI qui n'était pas fort ne méprisa jamais personne. Du moins, son mépris ne parut jamais.

Marie-Antoinette, au contraire, laissait volontiers percer le sien, malgré les plis et replis d'une Etiquette où le cynisme le plus profond avait combiné toutes les exigences du respect humain, au point de réaliser une sorte de morale *entr'ouverte* que la crapule élargissait de jour en jour. C'était bien, mais, encore une fois, il aurait fallu la force et quelle force! La Reine entreprit d'opposer au cynisme du vice étiqueté l'impertinence de la vertu sans étiquette et, par là, elle accumula sur sa tête les charbons ardents de l'exécration universelle.

Elle voulait fermer la cour aux femmes de l'ancienne faveur de Louis XV, à ces femmes compromises dans le triomphe de la Du Barry, cette ténébreuse goujate, au nom providentiel, qui fit s'accroupir la Royauté des Lys dans le *tonneau* de Diogène.

Elle se refusa, disent MM. de Goncourt, à la présentation de Mme de Monaco, en dépit de son nom et du nom de son amant, le Prince de Condé, déclarant hautement « ne point vouloir recevoir les femmes séparées de leurs maris ».

Elle faisait dire par le Roi au duc d'Orléans dont l'insolence lui faisait horreur et qui descendait à être l'entrepreneur de son Palais Royal : « Comme vous allez avoir des boutiques, on ne pourra guère espérer de vous voir que les dimanches. »

Lorsque toute la noblesse en délire acclamait le *Mariage de Figaro*, comme elle aurait acclamé une représentation anticipée des autres *Folles Journées* qui furent le 21 janvier et le 16 octobre, Marie-Antoinette, désabusée la première et discernant à l'avance le couperet triangulaire du dénouement, disait à son médecin qui lui parlait de Beaumarchais : « *Vous avez beau le purger, vous ne lui ôterez pas ses vilenies.* »

« Elle était convaincue que la grande popularité des princes de la Maison d'Autriche venait du peu d'exigence d'étiquette de la cour de Vienne. D'ailleurs, quel besoin de conseils, de raisonnements, de souvenirs d'enfance pour faire détester à la jeune princesse une telle tyrannie ? Quelle patience eût résisté à des tourments quotidiens pareils à celui-ci : La femme de chambre, un jour d'hiver, prête à passer la chemise à la Reine, est obligée de la remettre à la dame d'honneur qui entre et ôte ses gants ; la dame d'honneur est obligée de la remettre à la duchesse d'Orléans qui a gratté à la porte; la duchesse d'Orléans est obligée de la remettre à la comtesse de Provence qui vient d'entrer, pendant que la Reine transie, tenant ses bras croisés sur sa poitrine nue, laisse échapper : « *C'est odieux! Quelle importunité!* » (1)

Rien ne lui fut pardonné, ni sa vertu, ni son esprit, ni son infortune, ni les bienfaits qu'elle répandit sans cesse sur les pauvres innombrables qu'elle secourut à ses frais *jusqu'au 9 août*, où la Reine de France emprunte un assignat de deux cents livres pour faire une aumône.

On lui fit un crime énorme de l'apparente dissipation de sa vie et de l'immense besoin d'activité qui lui dévorait le cœur au milieu d'une cour figée et immobilisée dans des formules.

L'impopularité que lui faisait la plus savante et la plus infatigable de toutes les haines arrivait à un tel point qu'en août 1787, le portrait de la Reine, entourée de ses enfants, n'était pas exposé aux premiers jours de l'exposition de peur des outrages de la populace. On n'osait pas risquer cela.

Enfin la calomnie universelle arriva à son plus beau triomphe et réalisa son plus parfait chef-d'œuvre dans la grande affaire scandaleuse du Collier.

« Cette inénarrable affaire du collier! » dit Carlyle, le Jupin tonnant de l'épithète empoisonnée. « Le chapeau rouge, cardinal Louis de Rohan; le rat de prison Sicilien, Balsamo Cagliostro; la marchande de modes, dame de Lamotte, « d'une figure assez piquante »; les plus hauts dignitaires de l'Eglise, valsant en danses

(1) MM. DE GONCOURT, *Marie-Antoinette.*

23

échevelées, avec des prophètes charlatans, des coupe-bourses et des filles publiques ; tout le monde invisible de Satan mis au jour et s'évertuant sans relâche dans l'enfer visible de la terre, tandis que monte vers le ciel la fumée de ses tourments.

« Le trône a été mis en scandaleuse collision avec le bagne. L'Europe étonnée retentit de ces mystères pendant neuf mois, ne voit que le mensonge se multiplier par le mensonge ; la corruption parmi les grands et les humbles, la goinfrerie, la crédulité, l'imbécillité ; et la force nulle part, excepté dans la faim.

« Pleure, belle reine, verse tes premières larmes d'une douleur sans mélange ! Ton beau nom a été terni par une haleine impure, terni sans remède, tant que durera ta vie. *Jamais* plus, il n'y aura pour toi amour ou pitié dans des cœurs vivants, jusqu'à ce que naisse une nouvelle génération et que ton propre cœur soit mort, guéri de toutes ses douleurs. Les épigrammes deviennent, désormais, non plus vives et amères, mais cruelles, atroces, sans nom.

« Le 31 mai 1786, un misérable cardinal Rohan, grand aumônier, à sa sortie de la Bastille, est escorté par les applaudissements de la multitude ; ce n'est pas qu'il soit aimé ni digne de l'être, mais c'est un homme important parce qu'il a pour ennemis la cour et la Reine (1). »

La cour et la Reine ! Non, Carlyle. La Reine seulement et le Roi peut-être, si ce pauvre homme est capable de haine et s'il a compris l'énormité de l'outrage.

Quant à la cour, elle s'indigne médiocrement et si elle s'écarte du cardinal, au fond, c'est bien plutôt parce qu'il a vautré ses mains épiscopales dans de

---

(1) Th. Carlyle, *Hist. de la Révol. Franç.* T. I.

24

malpropres complicités que par tout autre motif, puisé
à une source loyale et généreuse.

Mille bras invisibles avaient porté cet homme à
cette totale infâmie. Quand elle fut consommée, il se
trouva seul, quoique ignominieusement acquitté, et se
fit reconduire triomphalement à son domicile par une
différente canaille.

———

III.

Le Rien des Lys.

> Vacua est anima ejus & anima ejus vacua.
> ISAÏE, 29.

Louis XVI fut le roi constitutionnel des paveurs
de l'enfer. L'historien découragé tâtonne dans le laby-
rinthe minotaurique de ses bonnes intentions.

Adipeux et lymphatique *Pichrocole* d'une autorité
perpétuellement taillée en pièces, il attendit, dans une
inaltérable sérénité, le retour pronostiqué des *Coquecigrues*
de l'obéissance volontaire.

Appuyé sur le nuage fuyant des plus vaines espérances qui aient jamais habité la pulpe molle d'un
cerveau philanthropique, il put entendre sans indignation
les insolentes menaces des Parlements et les protestations
funambulesques des deux Assemblées, assister en roi
pacifique à l'égorgement de ses plus fidèles serviteurs,
présider entre Talleyrand et Lafayette à la transcendante
bouffonnerie de la Fédération, accepter d'un cœur attendri
l'imbécile dénomination de *Restaurateur de la Liberté*,
se coiffer du bonnet rouge et ne jamais désespérer du
cœur des Français.

La guillotine dut lui paraître bien inconcevable et
bien amère au lendemain d'une si fougueuse rhétorique

25

de fraternité. « Je n'aurais jamais cru, » disent les niais. Louis XVI n'a jamais cru et par conséquent n'a jamais douté.

Il avait l'esprit exactement fermé à toute conviction positive ou négative qui eût pu produire une effraction quelconque dans les *agenda* vertueux et débonnaires de son existence.

Un des plus curieux furets anecdotiques de ce siècle, M. Louis Nicolardot, publia naguères, sous le titre accablant de *Mémoires de Louis XVI*, le plus étonnant et le plus instructif de tous les livrets de chasse.

Le mot RIEN, écrit sans points d'admiration, de l'innocente main du roi, sert à consigner le néant, pour lui absolu, de toute journée que les exigences de la fonction royale dérobaient au noble plaisir de la chasse.

Ce mot *rien*, incrusté dans certaines dates, serait d'un prodigieux effet de dandysme, s'il ne s'agissait pas de Louis XVI et si on ne savait pas que ce mot était le cri même de sa conscience.

L'imagination est épouvantée de l'incalculable quantité de « riens » que représente ce règne et surtout à partir du moment où une énergique présence de quelque chose devint absolument nécessaire.

Il fallut à ce Rien royal la sublime procession du 21 janvier et l'éblouissante ignominie de l'échafaud pour émerger à l'existence et dater une bonne fois son avènement.

On peut assez facilement se représenter Marie-Antoinette, jeune, vive, spirituelle, enthousiaste de bonheur, l'absolu contraire du rien, tombant tout à coup sous la dépendance de ce Rien des Lys, perpétuellement stupéfait et immobile sur son axe philantropique.

26

Pour expliquer cette union navrante et bizarre, il n'y a que le *postulatum* d'une providentielle expiation. Il fallait un Louis XVI pour que la Révolution fût possible et une Marie-Antoinette pour que cette révolution ne ressemblât à aucune autre.

Henriette-Marie fut, certes, une héroïne. Il n'y a pas de physionomie de reine persécutée qui soit plus auguste. Mais elle avait un mari à peu près digne d'elle, si tant est que ces sortes de femmes en puissent avoir. Charles I pouvait assurément se mieux défendre, mais enfin, il se défendit. L'histoire nous le montre à cheval, l'épée au poing.

Marie-Antoinette couchée pendant vingt ans en travers du cœur de Louis XVI, comme le Prophète sur le cadavre de l'enfant mort pour le ressusciter, n'en put jamais obtenir cette palpitation de généreuse fureur qui aurait peut-être suffi pour dégonfler la vessie du bavardage révolutionnaire et, dans tous les cas, aurait honoré, du moins, sa pauvre mémoire.

« La crainte d'un amoindrissement du Roi est la crainte permanente de Marie-Antoinette et, parmi tant d'inquiétudes, celle de ses inquiétudes qui ne cesse de veiller. Son désir éclate à chaque phrase que le Roi *fasse quelque chose de grand.* » (1)

Acharnement inutile d'une âme de feu sur une âme tiède et incombustible qui ne peut que s'évaporer dans l'espace mobile des airs, au moment de l'extrême incandescence ! La fille de Marie-Thérèse y usa sa vie et y brisa son cœur. Que voulez-vous que la société d'alors comprît à cela ?

Comment une femme, une reine, de l'exemple de

---

(1) MM. de Goncourt.

qui le vice eût tant aîmé à se voir encouragé et fortifié; comment l'épouse irréprochable aurait-elle pu se faire pardonner l'attachement de plus en plus exalté qu'elle faisait paraître pour l'honneur foulé aux pieds de son mari et de son roi?

Le mariage alors pendait fort bas, comme toutes choses, et une femme ne s'avisait pas de supposer qu'une solidarité morale quelconque pût exister entre elle et le mortel généralement longanime dont elle sécularisait le flambeau.

Un déroulement théologique de la simple donnée du catéchisme sur le mariage eût été capable de faire mourir de stupéfaction ce monde parfumé et impénitent. L'infinie portée morale et divine du lien conjugal échappait complètement à ce tourbillon des Stymphalides de la France, à cette noire nuée d'oiseaux impudiques et consumés qui planaient dans les hauteurs crépusculaires de la vieille aristocratie.

Une femme des plus irréprochables du temps, Mme de Choiseul, affirmait avoir de l'estime pour Mme de Pompadour.

La double originalité d'un roi non adultère et d'une reine amoureuse de l'honneur de son époux, dut produire un scandale atroce dont les poisons suffocants se répandirent sur la seule tête de la reine que Louis XVI occupé de chasses, de serrures et d'autres importants objets, ne pensait nullement à protéger.

Ce règne étrange fut donc une lamentable partie d'échecs où la *reine* protégea sans cesse le *roi* qui laissait imperturbablement tout massacrer et tout démolir autour de lui. Seulement, au contraire du jeu d'échecs, le roi fut pris. Pris et tué avec des milliers, sans avoir frappé une seule fois pour sa propre défense et pour la défense de ceux que le Seigneur avait commis à sa garde, en affublant d'une couronne sa massive incapacité.

« — Hector, un seul coup; ne frapperas-tu pas un seul coup pour nous qui mourons pour toi? » Vous souvenez-vous de cette prière des quatorze frères du lâche dans le sublime roman de Walter Scott?...

Quelle pitié! Tout était dans la main de cet homme; les quarante mille Allemands fidèles de Bouillé; la noblesse terrienne non corrompue qui se fût levée de toutes les provinces aux cris du Suzerain menacé; à la frontière, une Europe sympathique et d'ailleurs intéressée au salut de ce trône et à défaut de tout cela, — la fuite.

La fuite dont les timides animaux trouvent l'énergie et dont il fut incapable. Il ne sut pas même fuir, l'ayant entrepris, et se fit arrêter au dernier moment, comme un malfaiteur évadé, par une poignée de goujats!

Marie-Antoinette avide d'action héroïque, au point, si elle eût été seule, de sauver la monarchie et perpétuellement enchaînée à ce désespérant solécisme royal et conjugal, éclatait parfois en jugements indignés qui pèsent plus durement sur la mémoire de Louis XVI que l'ignoble sentence de ses assassins.

« Vous connaissez la *personne* à qui j'ai affaire, » écrivait-elle au comte de Mercy-Argenteau. « Au moment où on la croit persuadée, un mot, un raisonnement la fait changer sans qu'elle s'en doute; c'est aussi pour cela que mille choses ne sont point à entreprendre. Croyez cependant que quel que soit le malheur qui me poursuit, je peux céder aux circonstances, mais jamais je ne consentirai à rien d'indigne de moi; c'est dans le malheur qu'on sent davantage ce qu'on est. »

Son mari était fort capable, en effet, de le lui faire amèrement sentir. « Enchaînée par la faiblesse, mais jalouse de l'autorité et de la dignité de la personne royale, elle repoussait l'idée de montrer ce que peuvent *une femme et un enfant à cheval*. Elle refusait de rien tenter, de rien oser par elle-même, de peur de cacher le Roi, de le voiler, de le diminuer (1). »

Quant à ce qu'elle eût pu faire par elle-même, sa correspondance nous montre assez clairement qu'il y avait en cette femme réputée légère, une bien rare supériorité de bon sens et une très froide vision des plus effrayantes réalités.

Voici une lettre assez étonnante et assez belle pour être citée en entier. Elle est adressée en Angleterre à la date du 9 avril 1787, c'est-à-dire au lendemain de l'assemblée des Notables et à la veille de cette caractéristique explosion de craintes qui empêcha l'exposition publique de son portrait.

« Où vous êtes, vous pouvez jouir au moins de la douceur de ne point entendre parler d'affaires. Quoique dans le pays des Chambres haute et basse, des oppositions et des motions, vous pouvez vous fermer les oreilles et laisser dire. Mais icy, c'est un bruit assourdissant, malgré que j'en aye. Ces mots d'opposition et de motion sont établis comme au Parlement d'Angleterre avec cette différence que lorsqu'on passe, à Londres, dans le parti de l'opposition, on commence par se dépouiller des grâces du roi, au lieu qu'icy, beaucoup s'opposent à toutes vues sages et bienfaisantes du plus vertueux des maîtres et gardent ses bienfaits. Cela est peut-être plus habile, mais ce n'est pas si noble. Le temps des illusions est passé et nous faisons des expériences bien cruelles. *Nous payons cher aujourd'hui notre engouement et notre enthousiasme pour la guerre d'Amérique.* La voix des honnêtes gens est étouffée par le nombre et la cabale. On abandonne le

---

(1) MM. de Goncourt.

fond des choses pour s'attacher à des mots et multiplier la guerre des personnes. Les séditieux entraîneront l'État dans sa perte plutôt que de renoncer à leurs intrigues. »

Elle écrit deux ans après à Mme de Polignac : « Nous périrons plutôt par la faiblesse et les fautes de *nos amis* que par les combinaisons des méchants. »

Dans son fameux *Mémoire*, adressé à l'Empereur, son frère, et daté du 3 septembre 1791, il y a des choses qu'on croirait écrites de la main augurale de Burke, précisément dans sa manière et dans son style. Exemple :

« Comment peut-on connaître ce qui peut convenir à l'état d'une nation dont la plus faible partie commande dans le délire et que la peur a subjuguée tout entière! — Il n'y a point d'opinion publique et réelle dans une nation qui n'a pas un sentiment. » etc.

Appuyée sur une notion supérieure de l'Autorité royale, la pensée d'une guerre civile ne la faisait pas plus trembler que la sublime femme de Charles Ier. Elle pensait avec raison que ce qui peut s'appeler droit sur la terre est *droit* toujours et que *le plus sacré de tous les devoirs*, comme disait le fantoche de l'Indépendance, ne peut jamais avoir force de prescription, parce qu'il n'appartient qu'à Dieu de briser les Dynasties et de rejeter les Races.

Elle jugeait que le droit de se faire obéir est solidaire du droit divin de régner, tout aussi bien que le droit de punir est inséparable du droit de faire grâce; tous droits incompatibles avec l'essence de la souveraineté populaire toujours subordonnée à une loi écrite.

Pensées infiniment éloignées du débile cerveau de Louis XVI qui, pareil aux monarques abdicateurs du XIXe siècle, ne croyait guère à son droit divin et souffrait très bien qu'on y taillât de petites royautés populacières de quatre jours, comme on taillerait des casaques d'argousins dans la défroque d'un magistrat.

Auprès d'un tel homme, les remontrances héroïques de la Reine étaient aussi parfaitement vaines que les violents conseils de Mme Elisabeth, la plus admirable figure de cette époque et d'une telle sublimité que Marie-Antoinette elle-même semble médiocre et pâle en comparaison.

Cette princesse, il est vrai, était véritablement une sainte et rentre par là dans la catégorie des personnages historiques soigneusement obnubilés par l'histoire contemporaine.

Mme Elisabeth qui fut une héroïne et qui mourut comme telle, « *l'homme des Tuileries,* » disent MM. de Goncourt qui font d'elle un très beau et très grand portrait, cette chrétienne douce et violente, comme il faut l'être, selon l'Evangile, pour ravir à la fois le ciel et la terre et qui n'opposait aux abjectes injures du Temple que ce seul mot : « Bonté divine! » tandis que la Reine frémissante et indomptée repoussait l'outrage — cette Jeanne d'Arc sans mission d'une royauté qui voulait périr, déclarait en un style porte-glaive qui rappelle celui de la grande Mademoiselle, cousine germaine de Louis XIV :

« Je regarde la guerre civile comme nécessaire. Premièrement, je crois qu'elle existe, parce que toutes les fois qu'un royaume est divisé en deux partis, toutes les fois que le parti le plus faible n'obtient la vie sauve qu'en se laissant dépouiller, il est impossible de ne pas appeler cela la guerre civile. De plus, l'anarchie ne pourra jamais finir sans cela ; plus on retardera, plus il y aura de sang répandu. Voilà mon principe. Si j'étais roi, il serait mon guide. »

Un tel langage n'est pas pour plaire au XIXe siècle, lequel se glorifie de toutes les compromissions et de toutes les capitulations, — siècle *cunctator* d'une félicité parfaite qui rate perpétuellement et d'une conciliation universelle qui aboutit toujours aux égorgements.

Or, Louis XVI était essentiellement un roi du XIXᵉ siècle. Il eut une minute de grandeur, pas plus, et ce fut, hélas! sa dernière minute.

La Révolution, en pieuse fille qu'elle était, ensevelit son Progéniteur inconscient et mutilé dans une nécropole plus vaste que la cryte traditionnelle des rois de France, obituaire immense sans inscriptions fastueuses ni lampes funéraires, où descendirent silencieusement, tête coupée, les Intentions innombrables, bonnes ou mauvaises, qui s'étaient agitées, sous forme humaine, dans ce crépuscule vespéral de l'Autorité.

Marie-Antoinette et Mᵐᵉ Elisabeth y descendirent à leur tour, quoiqu'il y eût en elles tout autre chose que des intentions. Ces pauvres femmes accomplirent ainsi leur destin. Façonnées pour de grandes choses l'une et l'autre, et brisées impitoyablement avec leurs amphores voilées de Suppliantes de la Monarchie contre l'argile grossière du plus inerte des rois, — elles disparurent après lui dans les enfoncements de l'éternité, laissant derrière elles une voie lactée de larmes brillantes et le ressentiment immortel du plus impérissable de tous les griefs de la Justice.

IV.

La Lionne au Peuple!

Ecce Judex ante januam assistit.
SAINT JACQUES, 5.

Le lundi 14 octobre 1793, une cause est pendante devant la nouvelle cour révolutionnaire; cause telle que jamais ces vieux murs n'en virent une semblable.

C'est le jugement de Marie-Antoinette.

L'impatience du sans-culottisme régnant avait besoin d'un nouveau spectacle tragique pareil à celui du

33

21 janvier et le réclamait de partout avec une puissante et unanime clameur.

Sans doute, le 21 janvier avait été une belle chose, mais on pensait avec raison que le nouveau drame serait une bien plus belle chose encore et le généreux sans-culottisme s'en pourléchait à l'avance.

On avait vu guillotiner le fils de soixante rois, roi lui-même autant qu'il pouvait et, ma foi, on avait éprouvé quelque déception. De même que cinquante chiens étant lancés sur un unique marcassin, on ne peut raisonnablement pronostiquer à chacun d'eux qu'une fort médiocre curée, — de même cent mille haines de sans-culottes autour de l'échafaud d'un pauvre roi ne peuvent pas prétendre individuellement à une bien large portion de son agonie.

On avait si longtemps attendu ce spectacle! L'Orgueil, la Haine, l'Envie, la Colère, les Etats Généraux de toutes les passions basses l'avaient si éperdûment appelé pendant de longs siècles, — et ce n'était que cela!

Pour Marie-Antoinette, on savait que ce ne serait que cela aussi, mais, du moins, c'était une femme et le sybaritisme de la vengeance populaire pourrait se vautrer à l'aise dans une bien plus parfaite ignominie.

Sentir qu'on a dans la main le cœur d'une reine, fille de rois, sœur de roi, mère d'un prince royal; sentir que ce cœur qui battait, il y a quelques jours, au dessus de tous les cœurs, est là, maintenant, dans le creux de votre main de goujat et qu'il palpite contre vos artères de goujat; savoir qu'on pourra le faire saigner et l'humilier tant qu'on voudra, avec la certitude parfaite que personne, ni aristocrate, ni prince, ni Dieu, ni aucune force du ciel ou de l'enfer ne pourra vous en empêcher et ne surgira pour sa défense; — quelle inexprimable volupté!

Allons ! reine abandonnée, pense à ton sang, pense à ta gloire, pense à ta beauté, repasse dans ta mémoire tous tes enivrements passés, rappelle-toi Marie-Thérèse, rappelle-toi les fêtes de ton mariage et le bonheur que tu en attendais ; souviens-toi de Versailles et de Trianon. Ressuscite, si tu le peux, ces choses évanouies pour toujours, jusqu'à ce que tu en aies une vision qui te fasse pleurer des larmes de désespoir.

Ah ! tu pensais, pauvre porphyrogénète décolorée, que tes vertus te seraient comptées pour quelque chose ! que le peuple français se souviendrait avec attendrissement de la grande pitié que tu ressentis pour sa misère du fond de tes splendeurs et qu'à défaut d'un fantôme de respect, il te serait du moins accordé un simulacre de compassion dans ton incomparable détresse !

C'est que tu ne connais pas ce peuple et quant à la Révolution tu ne la comprends guère. Ecoute. Nous sommes plusieurs millions de misérables venus du fin fond de l'abîme social. Pendant des siècles, nous n'étions rien, nous n'existions sur la terre que pour l'arroser de nos sueurs et pour la creuser de nos os. Tant qu'une espérance chrétienne nous fut enseignée, nous nous résignâmes silencieusement à la perpétuelle pénitence.

Depuis que les philosophes et les ruffians ont détruit cette espérance, nous avons cessé de nous résigner. Voilà tout.

Nous ne voulons plus obéir qu'à ce qui mérita le mépris et nous prétendons commander à tout ce qui fut jugé digne de nous fouler aux pieds. Nous décrétons la victoire universelle de notre abjection et nous ne promènerons jamais assez d'immondices sur les hauteurs immaculées de l'innocence humaine.

Marie-Antoinette, ci-devant archiduchesse, ci-devant reine, nos irrémissibles griefs sont ta beauté, ta vertu, ce grand air souverain que n'avait pas ton mari et par dessus tout, ton incomparable infortune.

35

Les mendiants que tu as nourris se désolent de l'impossibilité de te faire souffrir davantage et ils exulteront comme les montagnes du psalmiste à ton dernier supplice.

Lorsque tu étais au temple, nous accorderas-tu que notre haine fut assez savante, assez ignoblement inventive pour te torturer? Souviens-toi de l'allée des marronniers dans la cour, quand tu étais forcée d'y descendre pour échapper à l'asphyxie de ton infecte prison et qu'il te fallait passer au milieu des ricanements et des obscénités! Souviens-toi des charbonnages et des inscriptions sur les murs! et par dessus tout, ô Reine des Lys d'or, n'oublie pas *cette garde-robe qu'il te fallut partager, toute une année, avec les municipaux et les soldats!...*

Maintenant, tout sera bientôt fini. Marie-Antoinette est à la Conciergerie. La Révolution étend sa main pleine de sang vers cette tête auguste nimbée de tous les deuils endurables à notre faible nature. La corne d'abondance des humiliations, retournée sur le cœur de la Reine, est décidément épuisée.

On ne l'a pas battue; c'est la seule infâmie que la magnanimité populacière lui ait épargnée. Tout le reste est allé à un point tel qu'il faut absolument s'arrêter, car il ne reste plus que la mort. « Sans phrases ou avec phrases, mais en plein soleil et devant tout le peuple qui demande qu'on le fortifie du spectacle de cette fête expiatoire. *Expedit* UNAM *mori pro populo.*

Le peuple souverain est assis dans l'amphithéâtre immense et vocifère à pleine gueule pour que la lionne lui soit amenée. Car ce n'est plus, à cette heure, de « chrétiens aux lions » qu'il s'agit, mais de lions et de lionnes aux fils rénégats des anciens chrétiens.

Parfois, on lui jette aussi un crocodile, un Danton

énorme ou quelque autre monstre sanguinolent et phraseur. Il y donne un coup de sa dent superbe, mais il est insatiable surtout de lions et, malheureusement, l'espèce en est rare.

Fouquier-Tinville, le belluaire de l'innocence, y pourvoit de son mieux. Mais il n'a pas eu, jusqu'à cette heure, un aussi grandiose combat à offrir à son maître sans culotte, à son César vermineux et omnipotent, aux aboiements innombrables : le combat de la Reine et de la Mort! de la Reine plus forte que l'extrême infortune et de la Mort plus faible que l'Amour, dit le Saint Livre.

Je l'écrivais en commençant. Cela ne s'était pas vu depuis l'origine des monarchies chrétiennes et le rebut de la crapule allait enfin pouvoir chanter son *Nunc dimittis*.

Par malheur, l'absence imprévue de preuves écrites contre la Reine retardait encore la « grande joie du père Duchêne de voir que la louve autrichienne va être enfin raccourcie ».

Le diligent Tinville avait beau chercher, il ne trouvait pas. La reine avait brûlé tous ses papiers. Et cependant il fallait trouver quelque chose...

La Providence ne voulait pas que Marie-Antoinette fût précisément assassinée. L'assassinat pur et simple est une sorte d'anoblissement expéditif et à la bonne franquette, une *savonnette à vilain* bonne pour les héros crasseux de la démocratie dont elle fait des martyrs, ou pour les gladiateurs de la politique parlementaire dont l'auréole peut illuminer les assemblées. Mais l'assassinat pompeusement juridique, avec son appareil d'échafaud et sa procession d'ignominie, c'est une couronne réservée, un diadème impérial dont les pointes fleuronnées crèvent la voûte du ciel et qui ne peut convenir qu'à des âmes d'élection et rares parmi les rares.

Le mot célèbre de l'abbé Edgeworth au pied de

l'échafaud de Louis XVI est vrai dans tous les sens et paraît avoir été une inspiration surnaturelle; mais ce mot avait besoin d'être dit. A la guillotine de la Reine, c'est inutile; car Marie-Antoinette pour son amertume et sa consolation infinies, sait une chose que Louis XVI n'a jamais comprise. Elle sait qu'elle est la reine *émissaire* de tous les péchés de la Race de Saint Louis et que sur la bascule infâme, elle enfante à la gloire du Paradis les ancêtres de son époux.

Du 2 août au 16 octobre, la Reine de France vécut donc à la Conciergerie, si cela s'appelle vivre, en attendant qu'on lui fît la grâce de la *juger* et de la faire mourir.

Cette chose est suffisamment connue. Tout ce qui tient un tronçon de plume en a parlé. Les humiliations infinies, les tortures honteuses, les *économies* de la République sur le linge de la malheureuse femme, ses deux pauvres robes, blanche et noire, toutes deux pourries et impossibles à remplacer à cause des embarras financiers où M. Pitt plonge la France, — tout cela a été infiniment raconté et ne peut plus l'être.

Mais l'*âme* de Marie-Antoinette, cette âme unique et abandonnée comme jamais, peut-être, une âme ne le fut, voilà ce qu'on voudrait voir, si quelqu'un pouvait le montrer.

Brutalement séparée de Mme Elisabeth et de ses enfants, dépouillée des derniers objets de poche, des derniers souvenirs et portraits qu'elle possédât; installée dans des lieux inconnus, sinistres, ayant pour éternelle compagnie, depuis la dernière tentative d'enlèvement du baron de Batz, deux gendarmes veillant jour et nuit presque dans sa chambre; — quelles pensées durent s'élever en elle dans ce nouveau Versailles de quelques

38

pieds carrés, Versailles ou Trianon de l'ignominie parfaite et qui ne peut plus être aggravée? Car Marie-Antoinette est toujours Reine de France, aucun goujatisme sublunaire ne pouvant faire qu'elle ne le soit plus.

« Longs jours, longs mois, les jours et les mois qui s'écoulèrent entre l'entrée de la reine à la Conciergerie et son procès; attente douloureuse où la reine hors de la vie, toute à la mort, ne se reposait pas encore dans la mort! Elle priait, elle lisait. Elle tenait son courage prêt. Elle occupait son imagination. Elle demandait à Dieu de ne pas la faire attendre, aux livres de la faire patienter. Mais quel livre dont la fable ne soit petite et l'intérêt médiocre auprès du roman de ses infortunes? Quelles lectures pourront, à force d'horreur, arracher un moment à son présent, la reine de France à la Conciergerie? « *Les aventures les plus épouvantables* », c'est l'expression même de Marie-Antoinette, lorsque, par Richard, elle demande des livres à Montjoye; et rien n'est capable de distraire son agonie que l'histoire de Cook, les voyages, les naufrages, les horreurs de l'inconnu, les tragédies de l'immensité, les batailles poignantes de la mer et de l'homme. » (1)

Les aventures les plus épouvantables ! Pauvre âme abandonnée! Les cannibales de Cook sont, après tout, des utilitaires primitifs qui tirent parti de leurs prisonniers. Ils les mangent simplement, sans aucun raffinement de haine. On peut même dire qu'ils les *aiment* de cette façon. Mais ce sauvage acharnement de tout un peuple contre une femme mourante, cette ignoble vengeance de domestiques révoltés qui triomphent de l'abaissement de leurs maîtres, c'est à déconcerter les naïves et

---

(1) MM. DE GONCOURT. *Marie-Antoinette.*

simples abominations de tous les Polynésiens de la terre.

D'ailleurs, même au point de vue pur et simple du cannibalisme pratique, le Paris de 93 n'a rien à envier aux anthropophages du Pacifique.

« A Meudon, dit Montgaillard avec beaucoup de calme, il y avait une tannerie de peaux humaines; de celle des guillotinés qui valaient la peine d'être écorchés, on faisait d'excellente peau pour des culottes et autres usages. La peau des hommes, fait-il remarquer, était supérieure en consistance et en qualité à celle du chamois; celle des femmes n'était presque bonne à rien, étant d'un tissu trop tendre... » (1)

L'histoire, en se reportant aux relations des *Pèlerins de Purchas* et à toutes les relations anciennes ou modernes, ne trouvera rien d'aussi effroyable que ce cannibalisme industriel, paisible, presque élégant. Il paraît que l'extrême civilisation détachée de la foi chrétienne donne cela. La malheureuse Reine dut le sentir profondément et se lasser de ses lectures.

Je l'ai dit plus haut. Je ne crois pas à la *sainteté* de Marie-Antoinette. Les grandes lignes manquent et le surnaturel n'apparaît pas.

Cependant, il reste ceci raconté par Montjoie. A la Conciergerie même, l'audacieux baron de Batz se vit sur le point de la faire évader. Mais il fallait tuer les deux gendarmes. Elle *refusa*, bien qu'on puisse dire que jamais le droit de légitime défense ne fut plus nettement, plus lumineusement caractérisé.

Le 21 janvier, elle eut sa dernière révolte, lorsqu'elle cria aux argousins de la guillotine qui entraînaient Louis XVI : « Vous êtes tous des scélérats! »

---

(1) MONTGAILLARD. T. IV, p. 290.

40

Lorsqu'on lui arracha son fils, elle le défendit comme une lionne qu'elle était, s'offrant à tous les coups. Il fallut qu'on la menaçât de tuer le pauvre enfant.

A partir de ce moment, tout se détendit en elle, toutes ses résistances s'éteignirent et s'abolirent dans une immense désolation silencieuse et résignée, où le pardon recommandé par Notre Seigneur Jésus-Christ se levait enfin comme un pâle soleil sur la mer, au lendemain d'une tempête qui a tout détruit.

Le jour de sa sortie du Temple, ayant oublié de se baisser, elle se frappa la tête au guichet de la tour. On lui demanda si elle s'était fait du mal. « Oh! non, dit-elle, rien à présent ne peut plus me faire de mal. »

Elle ne se plaignit plus, se fit toute petite devant la Justice mystérieuse de son Dieu et s'enfonça doucement dans les tortures.

Que se passa-t-il entre cette âme séquestrée et le Consolateur des esclaves ou des reines humiliées qui l'appellent à deux genoux?

De Maistre a dit qu'il put y avoir dans le cœur de Louis XVI mourant telle acceptation capable de sauver la France. Combien plus justement pourrait-on le dire de la Reine, de cette Véronique découronnée qui n'aurait pas eu même un mouchoir pour essuyer le visage sanglant de son Maître, s'il avait passé dans sa prison, — mais qui eût pu le rafraîchir des plus grandes larmes qui aient été pleurées depuis Madeleine et qui se serait peut-être étendue sur les dalles rigoureuses pour lui faire de tout son corps un royal tapis de pied!

« Le cœur vous manque-t-il? » lui demandait-on un jour, vers la fin de cette interminable agonie. « Il ne me manque jamais, » dit-elle. Il lui eût peut-être manqué quelques années plus-tôt, lorsqu'elle n'en était encore qu'à son premier glaive. Quand les sept

41

couteaux furent bien enfoncés, inarrachables, elle se
trouva tout à fait forte et il fut temps que le vigilant
expéditeur des âmes, Fouquier-Tinville l'assignât à
comparaître à son abattoir.

Elle comparut le 14. On trouve peu de choses
imprimées aussi tragiques et même aussi étonnantes que
ces pages sèches du *Bulletin* du Tribunal révolutionnaire qui ont pour titre : *Jugement de la Veuve Capet.*

La veille, elle avait eu à subir un odieux inter-
rogatoire secret par lequel on espérait arracher à cette
malheureuse épuisée de tourments, quelque aveu, quelque
contradiction palpable qui la compromît sans ressources.
Attaquée à l'improviste, sans conseil, elle ne s'était ni
livrée, ni abaissée.

Fouquier désespéré de ne trouver aucune arme
contre elle, avait pris le parti de passer outre et de
poursuivre l'instruction sans aucunes pièces, à moins
qu'il ne fût possible de considérer comme telles les
monstruosités écrites qu'Hébert était allé arracher dans
la tour du Temple à un enfant contre sa mère.

On peut imaginer le délire de curiosité enragée qui
dut posséder les badauds sanglants du sans-culottisme
au matin du 14 octobre. Une foule immense assiégeait
le Palais, la Halle emplissait les tribunes, un immonde
grouillement d'assassins et de prostituées rendait l'air
irrespirable autour de la pauvre reine exposée à tous
ces regards infâmants.

Après les sacrilèges serments des jurés et l'inepte
bouffonnerie des interrogations préalables, une larve de
greffier donna lecture du chef-d'œuvre de Fouquier-
Tinville, l'acte d'accusation.

Ce réquisitoire célèbre où la calomnie la plus
basse et la plus sanguinairement hyperbolique est

multipliée par la plus exorbitante sottise, ne mériterait certes pas d'être dragué dans son abîme d'excréments humains et d'être tiré à la lumière de notre soleil, s'il ne contenait une sorte de révélation du véritable génie révolutionnaire que de Maistre a déclaré *satanique*.

L'épithète se trouve ici justifiée par l'identité même du procédé sempiternel qui consiste à renverser l'homme sous la femme et à lui écraser le cœur sous les pieds tremblants de cette victorieuse.

Les femmes tiennent une place étrange dans la Révolution. Ce furent elles qui, les premières, osèrent porter la main sur la chose réservée, sur la Royauté (Insurrection du 6 octobre), comme Ève toucha au fruit défendu. Une histoire profonde de la Révolution qui s'attacherait à relever toutes les influences morales qui déterminèrent cette immense explosion d'orgueil, serait, je crois, du même coup, une étonnante monographie de la femme dans les temps modernes.

Saint-Augustin, il y a bien des siècles, établissant la généalogie de la Luxure, montrait l'Orgueil au tronc même de cet épouvantable mancenillier. Le grand docteur pensait, après Saint-Paul, que la Luxure est le châtiment de l'Orgueil, et l'on sait que, par un juste retour, l'anthropomorphisme absolu de la bête humaine et l'extrême férocité de ses mœurs, sont les suites ordinaires de l'incontinence charnelle.

La longue bucolique mélibéenne aux pieds roses qui avait été le XVIIIe siècle, devait finir par le *Çà ira* des Tricoteuses de la guillotine et cette conclusion n'était pas plus évitable que toute autre conclusion tirée de l'invincible nature des choses.

Quelle que fût la brute en Fouquier-Tinville, il ne pouvait pas ne pas voir que Marie-Antoinette lui faisant le prodigieux honneur de comparaître en criminelle devant lui, il s'accomplissait, pour l'édification du monde, une extraordinaire démonstration de quelque loi mystérieuse.

L'excès incroyable de sa rage qui rappelle celle de Caïphe, donne à penser que cet idiot sinistre entrevit l'énormité de cette confrontation.

Il n'y allait de rien moins, au fond, que de l'honneur de toutes les femmes et de toutes les mères représentées là par Celle qui n'avait pas cessé, après tout, d'être leur tête lumineuse et la vivante effigie de leur dignité.

A cet instant, le dernier supplice de la Reine allait être exactement la décapitation morale de tout son sexe.

Le coryphée des Droits de l'Homme, Fouquier-Tinville y répugnait d'autant moins que la Révolution qui gratifiait les filles-mères, ne tenait pas essentiellement à l'honneur de la Femme, et que tout le monde voyait ou croyait voir dans la condamnation de Marie-Antoinette un avantage de la plus incalculable portée, c'est-à-dire l'extermination effective et irrévocable de la Monarchie dont elle paraissait être le principe vital.

Les Stuarts avaient repoussé dans le sang de Charles Ier, la tête de Louis pouvait repousser sur d'autres épaules bourbonniennes, mais on supposait, dans cette ancienne patrie des chevaleresques adorations de la Femme, que les têtes de Reines ne repoussaient pas, quand on les avait une bonne fois coupées au ras du cœur, après avoir broyé le cœur.

On aurait eu raison peut-être, s'il se fût agi de Messaline, comme on disait, mais la pureté de Marie-Antoinette était un gouffre translucide au dessus de ces puérils expérimentateurs de la destruction et tout ce qu'ils y lançaient devait retomber en foudre sur leurs crânes ignobles.

44

En somme, le réquisitoire de Fouquier a la valeur exacte d'une antiphrase historique et peut servir à mesurer la grandeur morale de la veuve de Louis XVI par la grandiose inanité de l'effort tenté pour la déshonorer.

La tête tranchée de la Reine ne roula pas dans l'Escalier des Géants de la calomnie, comme la tête d'une dogaresse criminelle dont le supplice éterniserait l'infâmie. Elle resta fixée, au contraire, ainsi qu'une estampe d'immortelle propitiation, au frontispice couleur de sang des lamentables épopées de la Terreur.

Telle est la beauté morale de Marie-Antoinette. Beauté humaine et non pas divine, autant qu'il est possible de le conjecturer, mais à cause de cela, plus puissante sur nous, gens du XIXe siècle, qui ne comprenons rien à cette Folie de la Croix pour laquelle se résigner est si facile, — puisqu'elle donne aux âmes l'inextinguible avidité des tourments divins, en mettant à la place des épouvantes de la chair, le sybaritisme enivré de la Douleur !

V.

Un dernier Spectre.

Dimitte nobis debita nostra sicut et nos dimittimus debitoribus nostris.
ORAISON DOMINICALE.

Le mardi, 15 octobre 1793, à minuit, le président du tribunal révolutionnaire dit aux défenseurs nommés d'office, Chauveau-Lagarde et Tronson-Ducoudray que, « sous *un quart d'heure*, les débats finiraient et qu'ils préparassent leur défense ».

Un quart d'heure ! Les Juifs eussent accordé davantage !... Un quart d'heure pour se préparer à répondre

45

à cette accusation compliquée comme une mosaïque schismatique, surchargée et enchevêtrée comme un palimpseste byzantin, aux ineffacés caractères, où soixante mensonges historiques superposés reparaîtraient à la fois! pour renverser sur sa pointe une pyramide de faux témoignages échafaudés par un peuple de calomniateurs impossibles à confondre, à cause de leur multitude et de leur impénétrable stupidité! Cela, après une séance qui a déjà duré vingt heures, au hasard de sa propre vie si on plaide avec trop de chaleur pour cette reine condamnée d'avance, et devant un auditoire accouru uniquement pour entendre la lecture du dispositif de mort et pour observer le front de la victime!

Les défenseurs qui n'étaient pas des gens supérieurs ni des héros, murmurèrent on ne sait quoi. L'histoire qui enregistre peu de plaidoyers, et qui fait bien, n'a pas conservé celui-là, dont le peuple n'a certes pas gardé la mémoire. D'ailleurs, une telle défense vissée au poteau du préjugé public et narguée par une haine universelle, démoniaque, était à décourager Mirabeau lui-même, si Dieu lui avait fait la grâce de vivre pour cette avocasserie sublime qui eût racheté toutes les autres.

Rien n'était possible. Le sublime est sans force sur la meute révolutionnaire, il n'a pas le ragoût du sang et puis, à quel foyer de pathétique l'âme humaine eût-elle été le prendre après Malesherbes, après le plaidoyer inouï du vieux Malesherbes, apparaissant à la barre pour défendre son pauvre Roi, ne disant rien et éclatant en larmes sous ses cheveux blancs?...

Je me trompe. Quelque chose était possible encore. Un homme pour qui la vie n'eût été rien, qui eût eu le sentiment profond de la fantasmagorie républicaine et l'horreur glacée de la rhétorique du temps, qui eût froidement considéré cette audience comme une

46

assemblée de vampires bêtes à faire rentrer dans leurs cercueils; celui-là eût pu, non pas sauver la tête dévouée de la Reine, mais, au moins, venger sur place la conscience humaine et casser les reins au pédantisme sanguinaire de la Révolution.

Il aurait fallu restituer à la défense la vivacité française qui avait manqué aux débats et déconcerter par une improvisation *sacrilègement* ironique, la pesante solennité de cet aréopage de Trasybules en carmagnole. Le cardinal Maury avait ainsi sauvé sa médiocre peau dans une bousculade patriotique et, d'un mot, avait effacé l'exergue enragée du sans-culottisme.

Quel étonnant plaidoyer *à la lanterne* pouvait être prononcé en ce jour du jugement de Marie-Antoinette! Quel persiflage terrible d'une telle victime disant à son assassin : « Ton bonnet rouge n'est qu'une enseigne de cabaret, et ta liberté n'est qu'un vieux thème banal à quatre pattes bourré de solécismes et voué à de prochaines indigestions. » Quel scandale! Quel tonnerre! L'imagination nous le fait entendre.

Qu'on se représente cette vaste salle du Palais où siègeait le ci-devant tribunal de cassation, pleine à crever d'une masse nauséabonde de sans-culottes trépignant, mangeant, applaudissant; le rétiaire de l'innocence, Fouquier-Tinville avec sa bande sur son tréteau ; quelques lampes rayant de leur sale lumière l'obscurité de cette humide nuit d'octobre, et faisant paraître plus livides les abjectes physionomies de ce rassemblement d'assassins privés de sommeil; au banc des accusés, sous le rayon d'une des lampes, Marie-Antoinette de Lorraine d'Autriche, Reine de France, pâle comme les lys effeuillés de sa couronne, dans sa pauvre robe noire. Ses adorés cheveux blonds sont devenus des cheveux blancs, elle a perdu un œil à la Conciergerie, sa beauté est détruite et, pour en retrouver quelque vestige, il faut la regarder de profil. Alors le camée

47

de Lorraine apparaît vaguement dans cette ombre, tel qu'une effigie douloureuse sur un métal impur...

Il est temps que la mort arrive, car il n'y a pas de reine au monde qui soit capable d'endurer un jour de plus de telles tortures. Dans le cours de ces interminables débats, le peuple a demandé vingt fois qu'elle se levât du tabouret pour mieux la voir. « Le peuple sera-t-il bientôt las de mes fatigues? » murmurait-elle, épuisée. Un moment, agonisante, à bout de souffrance, elle laissa tomber de ses lèvres, comme une lamentation : « J'ai soif! » et nul n'osait lui porter à boire.

Tout à coup un spectre se lève et dit :

« Citoyens jurés, vous avez juré et promis d'examiner, avec l'attention la plus scrupuleuse, les charges portées contre Marie-Antoinette, veuve de Louis Capet ; de ne communiquer avec personne jusqu'après votre déclaration ; de n'écouter ni la haine, ni la méchanceté, ni la crainte, ni l'affection ; de vous décider d'après les charges et les moyens de défense, suivant votre conscience et votre intime conviction, avec l'impartialité et la fermeté qui conviennent à des hommes libres.

« Ma cliente, puissamment réconfortée par cette promesse, a pu entendre, non sans dégoût, mais avec le calme qui convient à une accusée sans espérance, les monstrueux et ridicules témoignages portés contre elle au cours de ces débats.

« Moi, son défenseur, j'ai décidé de n'y pas répondre. L'infaillible équité du peuple n'ayant pu m'accorder plus de quinze minutes pour l'étude de la cause et l'élaboration de la défense, et votre inaltérable patriotisme commençant à ressentir la visible influence des pavots du Dieu du sommeil, je n'accablerai pas vos esprits d'une indigeste réfutation de ce que le ci-devant langage des tyrans aurait appelé d'ineptes calomnies. Pour les réduire à leur valeur, je sais qui vous êtes. J'estime comme il convient cet incomparable honneur de parler en votre présence et d'aider en quelque manière à la parturition sacrée de votre intime conviction...

« Je considère donc que mon devoir est beaucoup moins de vous apporter présomptueusement de la lumière, que d'étaler sous vos yeux incorruptibles le lamentable délaissement de cette ci-devant princesse infortunée, vous conjurant, patriotes citoyens jurés, de vouloir bien tempérer votre justice par votre miséricorde et de ne pas produire un trop vigoureux verdict qui briserait le cœur de nos juges en les contraignant à la moins fraternelle application de la loi...

« O Puissances éternelles de la nature! Un irrésistible enthousiasme révolutionnaire s'empare de moi en cet instant! On ne glorifiera jamais assez notre immortelle Révolution. Les républiques anciennes bondissaient au soleil splendide de la liberté, moins allègrement que nous et avec moins de virilité. Il manquait à ces démocraties nourricières des droits sacrés du genre humain, la formule trois fois vénérable qu'aucune législation républicaine n'avait inscrite avant nous, sur les frontons élevés des temples, ou sur les rostres victorieux de la tribune populaire. Je veux parler de notre sublime Formule de FRATERNITÉ. La terre et les cieux nous contemplent, à cause de cela, dans un sentiment unanime de terreur sacrée.

« Les républicains enfants de l'antiquité, ont connu la liberté, quelquefois même une sorte d'égalité relative qui ne sortait pas de l'agora ou du forum, mais ils retinrent l'esclavage et ne connurent pas la fraternité.

« Nous sommes les premiers véritables frères que

49

l'astre du jour ait éclairés de ses rayons fertilisateurs !

« Qu'il s'avance, le criminel suppôt de la tyrannie qui ose prétendre que le sentiment fraternel n'existe parmi nous qu'à l'état de vain concept, et ne flambe pas dans nos entrailles !

« Où donc est le labeur fraternel que des bras d'homme puissent accomplir, et que nous n'ayons pas accompli ? Avons-nous une seule fois reculé devant les conséquences imaginables de ce principe régénérateur ?

« Depuis le jour à jamais glorieux de notre Fédération, où le monde chargé de fers contempla, dans une inexprimable stupéfaction, le spectacle nouveau de toute une nation affranchie, s'entrelaçant avec des larmes de tendresse, pour l'extermination des tyrans, sur l'autel sacré de la patrie, quelle profonde unité de sentiment fraternel n'a-t-on pas vue dans tous nos cœurs ! Et, malgré l'inexpiable défection de quelques traîtres que la justice du peuple a frappés, qui pourrait nous reprocher de n'être plus les mêmes humains et d'avoir manqué à notre serment ?

« Dans les sévères journées de Septembre, la Prusse esclave étant à nos portes, lorsque la coupable démence des ennemis intérieurs de la nation dut être punie sans délai, ne vit-on pas se produire spontanément dans cette grande cité, une nouvelle fédération de cœurs vaillants, unis pour la vengeance de leur mère et le châtiment des scélérats ?

« Patriotes au cœur inébranlable qui ne connûtes ni la bestiale horreur du sang versé, ni l'attendrissement criminel d'une servile pitié, et dont nulle lamentation d'aristocrate ne fut capable d'arrêter le bras vengeur ; patriotes au cœur sublime, s'il s'en trouve ici quelques-uns, qu'ils parlent et qu'ils me soient en témoignage qu'il n'y eut jamais sur la terre un si touchant exemple de fraternité !

« De tous les points du territoire, les tyrans qui

nous guettent voient monter vers le ciel la sanglante fumée de nos holocaustes fraternels! Quiconque refuse d'être un de nos frères est assuré de mourir, car nous n'entendons pas qu'on puisse être autre chose et nous avons exterminé la clémence pour épouvanter les rois qui voudraient abolir la fraternité!

« La ci-devant Reine de France, ici présente, offre à vos yeux la plus incontestable démonstration vivante de notre solidarité fraternelle. Désabusée enfin de la coupable majesté d'un trône d'où l'équité populaire la força de descendre, comblée des bienfaits sans nombre d'une République maternelle dont l'inépuisable sollicitude n'a pas un seul instant cessé de veiller sur ses jours et d'économiser son bonheur, — de quelle gratitude immense ne doit-elle pas sentir son âme pénétrée pour vous!

« Non contents de pourvoir à tous ses besoins avec une libéralité lacédémonienne, après avoir inondé son esprit des lumineux enseignements du patriotisme, après avoir affranchi son cœur de la tyrannie d'un époux barbare et des exigences anticiviques d'un prétendu lien ci-devant sacré; ne poussâtes-vous pas jusqu'au dernier excès le désintéressement fraternel, en vous chargeant de l'éducation de son jeune fils confié par vous aux soins vigilants d'un patriote et d'un sage qui saura lui communiquer, en même temps que la pratique d'un utile métier, l'horreur précoce de tous les tyrans?

« Aujourd'hui, cette *citoyenne* comparaît devant vous pour être jugée. De toutes les charges que l'accusation fait peser sur elle et dont l'absurdité palpable a dû vous étonner, je ne veux en examiner qu'une seule qui résume, à ce qu'il me semble, toute la pensée du ministère public, quoique le vertueux citoyen accusateur n'ait pas jugé opportun de la formuler et qu'elle demeure ainsi cauteleusement à l'état de vague présomption. Je veux dire *l'ingratitude*.

« Citoyens jurés, la faible voix de la défense oppose une énergique fin de non-recevoir à cette épouvantable incrimination. Que ma cliente, accoutumée aux disgrâces, ait pu, sans indignation, s'entendre accuser de divers crimes, tels que d'avoir correspondu avec l'homme qualifié de Roi de Bohême et de Hongrie qu'elle ne craint pas de nommer son frère, alors que d'innombrables sans-culottes doivent se contenter d'être appelés ses sujets ;

« D'avoir dilapidé les finances de la nation, fruit des sueurs du peuple, dans les ténébreuses machinations de l'aumône par laquelle l'infâme aristocratie a si souvent déshonoré l'indigence patriotique ;

« D'avoir souffert que ses satellites donnassent des banquets où le peuple n'était pas convié et portassent, avec la cocarde blanche, divers toasts liberticides à la prospérité des tyrans ;

« D'avoir elle-même encouragé, par sa présence, ces inexprimables attentats ;

« D'avoir cherché dans la fuite un moyen de se soustraire à la tendresse éclairée d'un peuple libre ;

« D'avoir formé dans son habitation des conciliabules tendant à anéantir les droits de l'homme et à faire rentrer les Français sous le joug tyrannique où ils n'ont langui que trop de siècles ;

« D'avoir *mâché des balles* quand le peuple manquait de pain ;

« D'avoir favorisé cette horde de prêtres fanatiques et réfractaires répandus dans toute la France, encourageant et approuvant ainsi le sacrilège *veto* du ci-devant roi ;

52

« Enfin, d'avoir, à diverses reprises, dans le cours de son existence, témoigné une sympathie exécrable à l'auteur de tous nos maux, à Louis Capet, sous le prétexte spécieux qu'elle était son épouse;

« Je le répète, que Marie-Antoinette, ci-devant Reine de France, ait pu, sans manifester trop d'horreur, entendre proférer contre elle d'aussi énormes accusations, il n'y a pas là de quoi s'étonner !

« Patriotes jurés, hommes vertueux de la Plaine ou de la Montagne, je vous conjure de n'en être pas étonnés.

« L'éducation monarchique avait égaré le cœur naturellement libéral de ma cliente et ne l'avait pas disposée à la stoïque morale des amis de la liberté. Avertie maintenant de son erreur, profondément désabusée des illusions de son enfance, ses yeux s'ouvrent à la lumière et son âme est inondée d'allégresse à la pensée de l'affranchissement définitif que votre couperet fraternel va bientôt lui procurer.

« Mais, quant au forfait d'ingratitude, y pensez-vous, citoyens incorruptibles? Ce dernier de tous les crimes enfantés dans les ténèbres de la superstition et de l'oppression, cette épouvantable perversité du cœur dont les animaux privés de raison sont estimés incapables : qui pourrait, qui oserait en faire planer le soupçon sur ma cliente infortunée?

« Dans quel abîme de scélératesse ne faudrait-il pas la supposer descendue pour croire un seul instant possible cette suprême, cette totale indignité!

« Non, citoyens, élevez vos regards et considérez attentivement les circonstances multipliées de cette grande cause. Tout bien examiné, ce n'est point une reine que vous avez à juger. Ce n'est pas même une ci-devant

53

reine, une ombre de reine. Laissons-là ce titre odieux. C'est une faible femme nourrie naguère dans le giron maudit des superstitions de la tyrannie et que votre patriotisme est en train d'éclairer sur le néant de la majesté des empires.

« C'est une citoyenne comme vous et moi, une citoyenne désespérée d'avoir porté la couronne et qui ne la ramasserait peut-être pas aujourd'hui dans les ruisseaux.

« De plus, c'est une femme abandonnée, sans amis sur la terre, depuis les dernières conquêtes de l'esprit humain, et qui n'a pas chance d'en rencontrer beaucoup à cette heure dans les avenues affreuses de la mort que votre galante fraternité lui prépare.

« La plus élémentaire pitié vous ordonne d'épargner cette tête. J'ajoute que la dignité majestueuse du sans-culottisme n'y perdrait rien. Loin de moi, cependant, la coupable pensée d'arrêter le bras immaculé de nos sacrificateurs ! Je sais que tout doit céder au besoin qui nous consume d'assurer sur la terre le règne universel de la fraternité et qu'en vue d'obtenir cet inestimable résultat, notre devoir de républicains incorruptibles nous prescrit d'être inexorables, fallût-il guillotiner le genre humain ! Périssent, s'il le faut, nos noms et nos mémoires, nous ne permettrons pas qu'un lâche attendrissement trouve accès dans nos âmes régénérées et retarde d'une seule minute l'accomplissement universel du chef-d'œuvre de notre amour ?

« Je le déclarais en commençant, je ne suis point armé pour renverser l'accusation et mon cœur est en même temps combattu par mon propre patriotisme et par votre incorruptibilité. Une multitude de citoyens généreux demandent qu'on fasse mourir la ci-devant Reine. Le patriote Hébert, boulevard inexpugnable du sans-culottisme en sentinelle, ne cesse de demander sa tête dans un langage antique dont la dignité sévère honore la conscience humaine ; l'héroïque représentant Garrau, du fond des Pyrénées où il s'exténue pour la patrie, ne mandait-il pas, ces jours-ci à la Convention, son indignation de voir Marie-Antoinette vivre encore ? et l'intègre Drouet lui-même, qu'aucune couronne civique ne peut plus grandir, n'appuyait-il pas de son éloquence inspirée cette motion virile de tout un peuple affranchi ?

« L'histoire des hommes n'a rien de plus beau que cette unanimité de stoïcisme vengeur ! D'un côté, une malheureuse femme sans défense, accablée de toutes les disgrâces et de toutes les douleurs que l'âme humaine puisse endurer sans mourir, capable d'inspirer la pitié, même à des brutes ; de l'autre, la plus grande nation de l'univers. Eh bien ! c'est cette grande nation qui remportera la victoire !

« Spectacle à jamais sublime ! Si les cinq cent mille patriotes qu'enferme Paris pouvaient être vaincus par la pitié, — ce qui peut être supposé sans une sorte de blasphème, — des millions d'autres à leur tour se lèveraient pour combattre et, d'un bout de la France à l'autre on n'entendrait pas une seule voix pour la défense de la malheureuse ! Citoyens antiques, hommes de Plutarque, votre mission est belle et vingt-cinq millions de Français régénérés vous contemplent !

« Je viens de vous donner la preuve de mon immense vénération pour la République sans tache dont nous sommes les trop heureux fils. Je me suis efforcé de remplir le plus difficile de tous les mandats en élevant la voix pour l'infortune devant un tribunal dont l'inflexible équité n'est pas moins redoutable aux innocents qu'aux criminels.

« J'espère avoir assez fortement exprimé le respect de ma cliente et mon propre respect pour les saintes

55

et sacrées formules révolutionnaires par lesquelles l'esprit humain, après tant de siècles d'oppression, s'est généreusement affranchi des superstitions dégradantes de 'esclavage. Liberté, égalité, fraternité... ou la mort! Voilà notre *labarum*, citoyens. Par lui, nous vaincrons tous les tyrans et nous relèguerons dans la plus impénétrable obscurité les scélérates traditions de respect, de pitié, de modération et d'honneur qui formèrent si longtemps la base de la ci-devant société chrétienne appuyée sur un ci-devant Dieu que notre invincible raison vient d'abolir à jamais.

« C'est au nom de ces sublimes victoires que je vous conjure, magnanimes patriotes jurés, de considérer attentivement l'extraordinaire importance de votre décision sans appel. L'histoire a les yeux sur vous et la terre fait silence autour du sanctuaire de votre infaillible justice!

« Je n'ai plus rien à vous dire. Je demande seulement qu'il me soit permis d'adresser à ma cliente, en votre présence et devant le peuple, quelques paroles dictées par le plus pur patriotisme.

« Je sollicite instamment de n'être pas interrompu. Ce qui me reste à dire à la ci-devant reine fait partie de nos moyens de défense sur lesquels vous avez juré de déterminer votre conviction et de baser votre verdict. Je réclame donc, au nom de la Justice, le plus profond silence pour quelques instants :

« Madame et ma Souveraine.

« Lorsque j'ai sollicité l'honneur de défendre Votre Majesté, il n'entra pas dans ma pensée qu'une parole humaine si grande qu'elle fût, aurait le pouvoir de sauver une Reine condamnée d'avance.

56

« Cet appareil qui nous environne n'est qu'une pompeuse représentation juridique, simulacre ténébreux d'un jugement plus redoutable qui viendra, à la fin des fins, quand tous les juges, fidèles ou prévaricateurs, seront appelés à leur tour.

« Je savais avec certitude l'inutilité parfaite de la défense et l'excessive témérité d'une semblable entreprise. Je savais qu'en ces temps de fraternité et de liberté, l'innocence des accusés est la plus audacieuse des présomptions et que la défense n'est rien qu'un souffle dans l'oreille impénétrable du Crime.

« Je n'ai donc pas parlé dans l'espérance de la justice, mais pour sauver l'honneur du nom français. Je n'ai pas voulu qu'on écrivît dans l'histoire la honte ineffaçable du silence de *tous* vos sujets. Je n'ai pas voulu qu'on pût dire un jour : « Les Français furent si lâches qu'aucun d'eux ne voulut s'exposer pour cette reine abandonnée ! »

« Je suis venu porter ici mon indignée clameur et ma tête. La prenne qui voudra, je ne la défendrai pas mieux que je n'ai défendu la tête auguste de Marie-Antoinette de France, m'estimant suffisamment payé de mes paroles si j'obtiens l'honneur de partager son échafaud.

« Mais, avant que l'heure où je puis parler encore se soit évanouie sans retour, daignez souffrir, ô ma Souveraine, que j'ose vous défendre contre le seul ennemi vraiment formidable que vous ayez à redouter dans cette enceinte. Je veux dire contre Vous-même, contre votre propre grandeur.

« Nous avons encore besoin de votre pitié dans notre lâcheté et dans notre avilissement incomparables. Eteignez, s'il se peut, les flammes de votre légitime ressentiment, pardonnez aux Français comme le Roi, votre époux, leur a pardonné...

« Que votre résignation nous protège et que votre

âme douloureuse devienne le dernier refuge des assassins qui l'auront brisée !

« Vous règnerez ainsi plus parfaitement et avec plus de liberté qu'à Versailles même, au sein des magnificences et des esclavages du pouvoir suprême. Vous serez puissante au fond du cercueil.

« O Reine persécutée ! si toutes les larmes réunies des cœurs font un grand fleuve dont l'estuaire est dans les cieux, Votre Majesté, portée sur ces ondes, n'a pas sujet de redouter un bien long voyage, car ce fleuve de douleur est devenu comme un torrent dans ces jours terribles !

« O Mère outragée, comme jamais une mère ne le fut depuis Celle dont les larmes renouvelèrent le déluge et que les siècles ont appelée Douloureuse, je vous demande, par le Dieu des Miséricordes, la grâce et le pardon de ce pauvre peuple.

« Le jour de votre naissance, la terre se mit à trembler et détruisit dans son tremblement l'une des grandes villes de ce monde. De quelle catastrophe sans nom votre mort ne va-t-elle pas être accompagnée si notre effroyable misère n'a pas le droit de compter sur l'intercession de votre supplice !

« Voilà ce que j'avais à dire à Votre royale Douleur. Puisse votre âme fière en être réconfortée pour ce qui va suivre.

« Pour moi, je vais disparaître comme un flambeau vulgaire porté contre le souffle de la tempête. Que Votre Majesté me pardonne enfin à moi-même d'avoir ajouté l'intempérance de mes discours à l'extraordinaire longueur de ces débats accablants et qu'Elle se souvienne de son impuissant serviteur dans le prochain royaume où l'attendent les Princes fidèles, les infortunés sans consolation terrestre et la phalange des saints Martyrs ! »

———

VI.

Dies natalis.

In momento, in ictu oculi, in novissima tuba.
SAINT PAUL, I COR. 15.

A la curée, sans culottes! Marie-Antoinette est condamnée. Cela veut dire qu'on lui coupera la tête, car il n'existe plus d'autres peines pour quelque délit que ce soit.

Admirable célérité de la justice révolutionnaire! « La procédure, dit un témoin oculaire, fut terminée à quatre heures et demie du matin par ce jugement du Tribunal qui la condamnait à la peine de mort... A midi un quart précis, sa tête tomba sous le fer vengeur des lois. »

Le *Père Duchêne* ressentit alors « la plus grande joie de toutes ses joies, ayant vu de ses propres yeux la tête du *Veto* femelle séparée de son foutu col de grue. » (1)

La Reine, je l'ai dit plus haut, ne possédait que deux robes, l'une noire, l'autre blanche. Elle parut au jugement dans sa robe noire et prit la blanche pour l'échafaud.

Son deuil était fini, parce que tout deuil est de ce monde, rien que de ce monde et la couleur noire est réputée trop mélancolique pour les épousées du cercueil.

Je me rappelle en ce moment, une histoire très douce et très triste. La célèbre visionnaire Catherine Emmerich, étant dans sa onzième année, l'infortunée Marie-Antoinette lui fut montrée dans sa prison, du fond de la Westphalie, afin qu'elle priât pour elle, en gardant son troupeau.

---

(1) *P. Duchêne*, nº 290.

Pauvre femme! Il devait être facile de prier pour elle. Mais ce que durent être les prières de cette innocente au milieu des bois, Dieu le sait et le réserve pour ses bienheureux!...

Si, comme on l'a dit avec éloquence, « la couronne de laurier est un signe de douleur », on peut dire aussi que la couronne de douleur est un signe de royauté et convient beaucoup mieux à la vraie grandeur que toute autre couronne qui se ramasse dans la terre.

Il est dit au commencement de cette étude que le règne de Marie-Antoinette n'aura pas de fin dans le cœur des hommes. C'est que ce cœur est éternellement identique et que la Couleur est précisément le seul de ses despotes qu'il n'essaie jamais de déposer.

Le bondissant troupeau des onagres apocalyptiques de la Libre pensée et du Matérialisme aura beau faire. On ne change pas la nature des choses et l'homme sera toujours l'esclave passionné de la douleur. Il en fera toujours sa beauté, sa force et sa gloire. Il se recommandera d'elle, toujours, quand il lui faudra produire un atome de sa liberté, comme les prisonniers se recommandent de leurs chaînes pour enfoncer les portes de leur prison

La douleur est un diamant de Golconde surabondant jusqu'à la plus extravagante profusion. Nous en pavons nos cités et nos routes et jusqu'à nos solitaires chemins vicinaux dans les campagnes les plus reculées. Nous en bâtissons nos maisons et nos palais. La colonne de la place Vendôme est un monolithe de cet inestimable minéral humain. C'est une chose tellement précieuse qu'il est impossible de s'en passer et tellement vulgaire qu'il faut avoir du génie pour s'apercevoir de ce qu'elle vaut. Lorsqu'un grand homme apparaît, demandez d'abord où est sa douleur. Quelquefois, on ne la voit pas du premier coup, quand elle plane très haut dans le ciel; mais c'est l'oiseau de proie le plus attentif et le plus rapide et c'est sur lui que portent les sandales de Jupiter.

Mais quand la parfaite ignominie vient s'ajouter à la suprême douleur; quand le mépris universel, sous sa forme la plus affreuse, vient déshonorer le supplice; le sublime humain se transfigure et s'élance dans un empyrée nouveau.

La Poésie du sang et des larmes se manifeste alors, sans rhétorique ni voiles, découronnée de son terrible bandeau. C'est la poésie surnaturelle de la Passion du Sauveur.

Qu'elle le veuille ou non, la douleur d'un homme doit passer par là pour mériter qu'on l'aperçoive dans l'Océan sans rivages des douleurs souffertes. La passion de Marie-Antoinette serait oubliée sans cela et je n'en aurais pas tant parlé.

Tout le monde connaît ses derniers moments. Il serait puéril de les raconter. Qu'est-ce que la mort de Marie Stuart, par exemple, de Marie Stuart, traitée en reine jusqu'à la fin, outragée et décapitée en reine, par des bourreaux respectueux, auprès de la hideuse exécution de la veuve Capet?

On raconte que pendant le trajet, l'effroyable charrette étant en face de l'Oratoire, un enfant soulevé par sa mère envoya de sa petite main un baiser à la Reine.

C'est, je crois, tout ce qu'il y eut de miséricorde et de consolation humaine pour la malheureuse, en ce triste jour.

61

Qui était cet enfant? Il devint, peut-être, un misérable homme du XIXᵉ siècle, mais il eut l'honneur de représenter la pitié dans cette voie douloureuse où les pierres même criaient l'outrage à leur manière et la plus grande histoire doit s'en souvenir.

Il appert du *mémoire* du fossoyeur Joly, reproduit par M.M. de Goncourt, que la République eut à payer 6 livres pour la bière de la veuve Capet et 25 livres pour la fosse et les fossoyeurs. C'est là que vinrent aboutir les splendeurs de Versailles et les enivrements de cette cour brillante. Le *sauvageon* de la science du bien et du mal de quatorze siècles donna à la fin ce fruit, cet unique fruit de poussière sur ses rameaux desséchés.

On rêve Bossuet devant cette bière royale de 6 livres. J'imagine qu'il aurait eu à dire des choses plus grandes que dans l'Oraison funèbre de Mme Henriette. Peut-être aussi n'aurait-il rien dit et se fût-il contenté de sangloter dans le silence de son génie, comme le jour où il lui fut reproché de ne pas croire à la présence réelle, en pleine Assemblée de 1682....

Les plus beaux yeux du monde, d'ailleurs, ont pleuré sur Marie-Antoinette et il n'y a pas d'oraison funèbre qui vaille de telles larmes. L'histoire de la pauvre reine n'a que quatre lignes devant Dieu. Elle naquit le jour des larmes, elle vécut une partie de sa vie dans les larmes dévorées, ses derniers jours dans les larmes répandues en pluie, en torrents et, enfin, sa mort, sujet de tant d'autres larmes, fut le *Dies iræ* de l'ensevelissement d'une génération, d'une aristocratie, d'un trône et d'un monde.

62

En vente à Paris, chez Albert Savine, éditeur, 12, rue des Pyramides.

——————

DU MÊME AUTEUR :

Le Révélateur du Globe . . . . fr. 7,00

Propos d'un Entrepreneur de Démolitions . . . . fr. 3,50

Le Désespéré . . . . fr. 3,50

Un Brelan d'Excommuniés . . . . . fr. 2,00

Le Pal (les 4 numéros) . . . . fr. 2,00

Christophe Colomb devant les Taureaux fr. 3,50

EN PRÉPARATION :

Belluaires et Porchers.

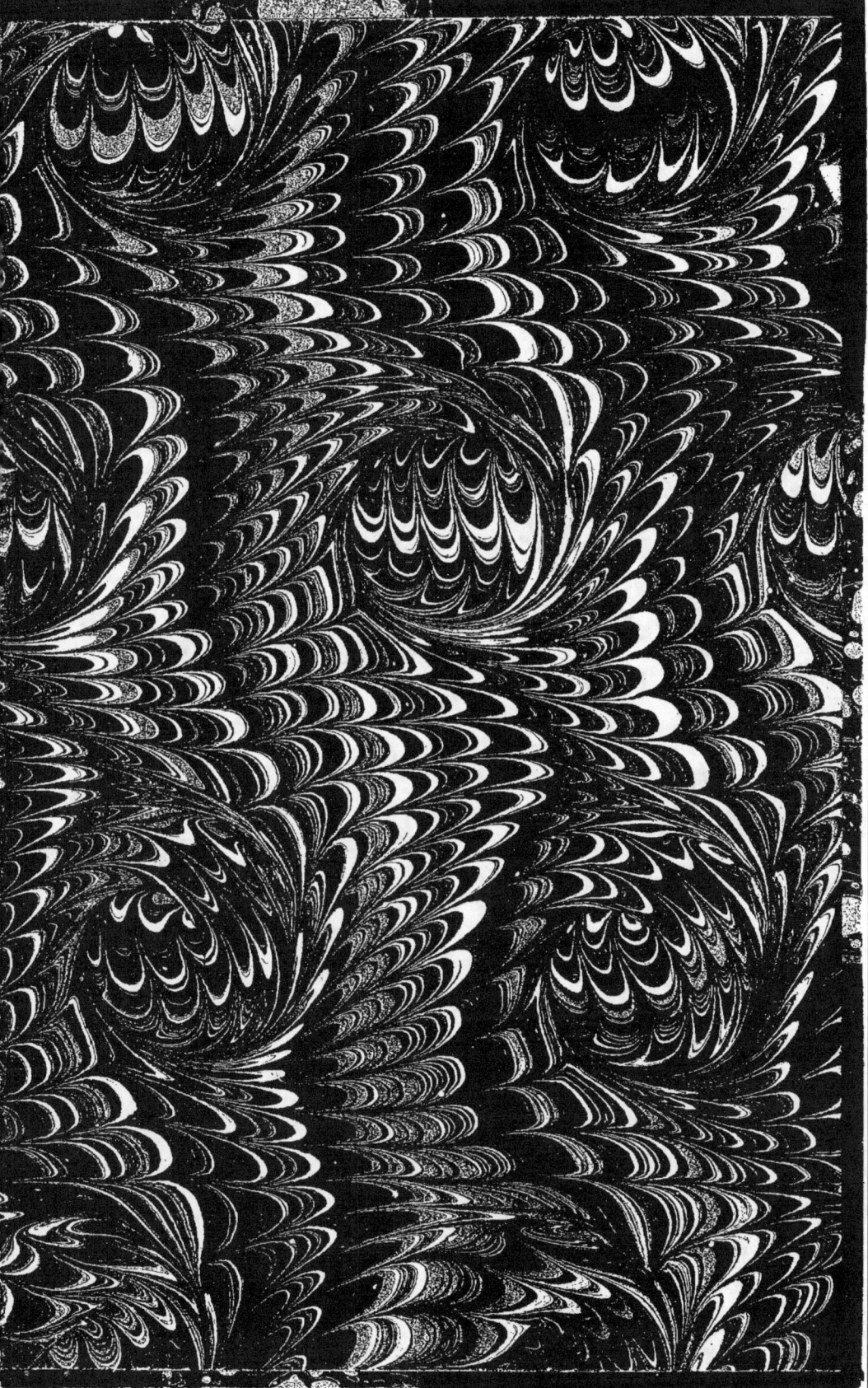

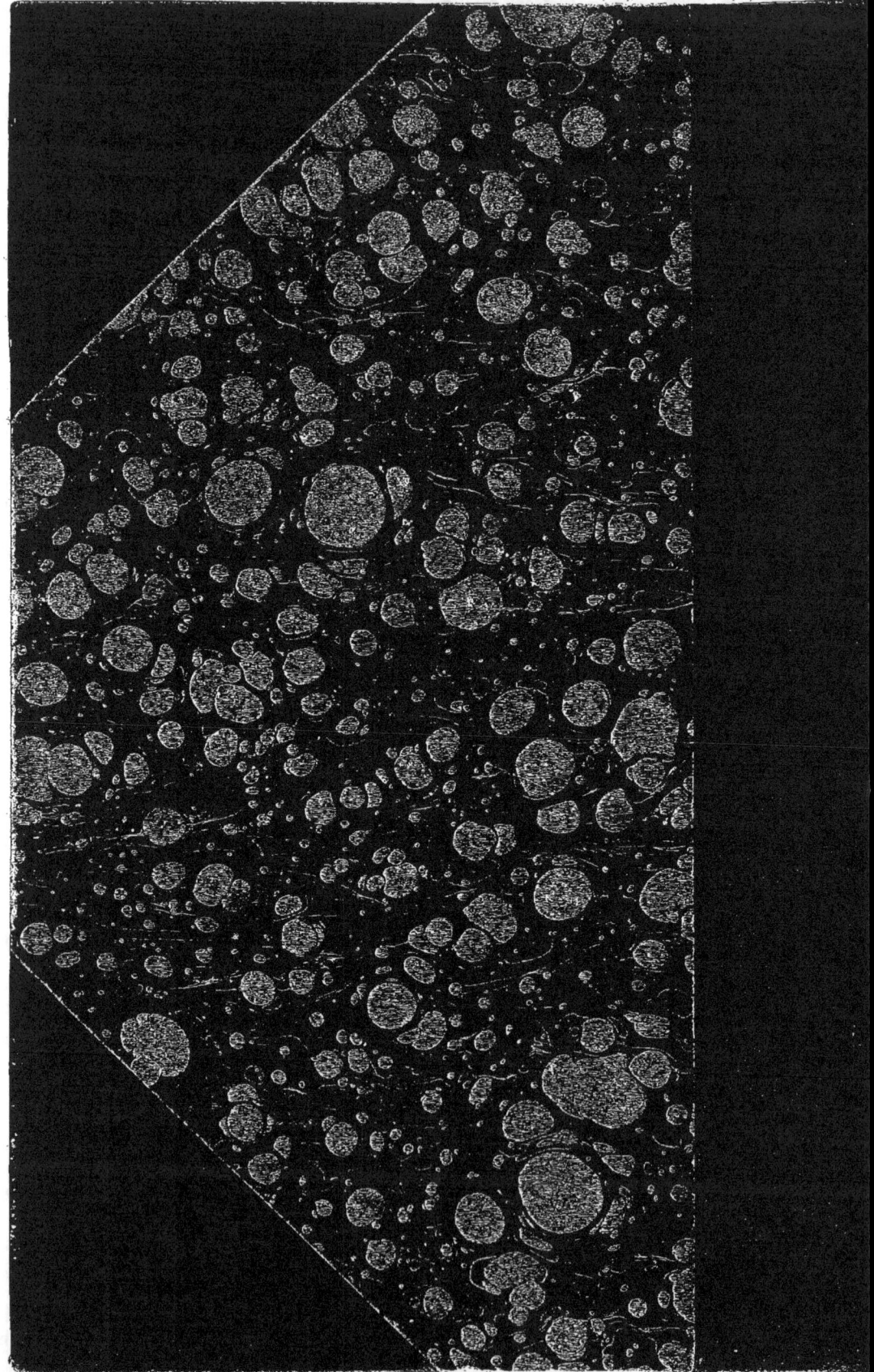

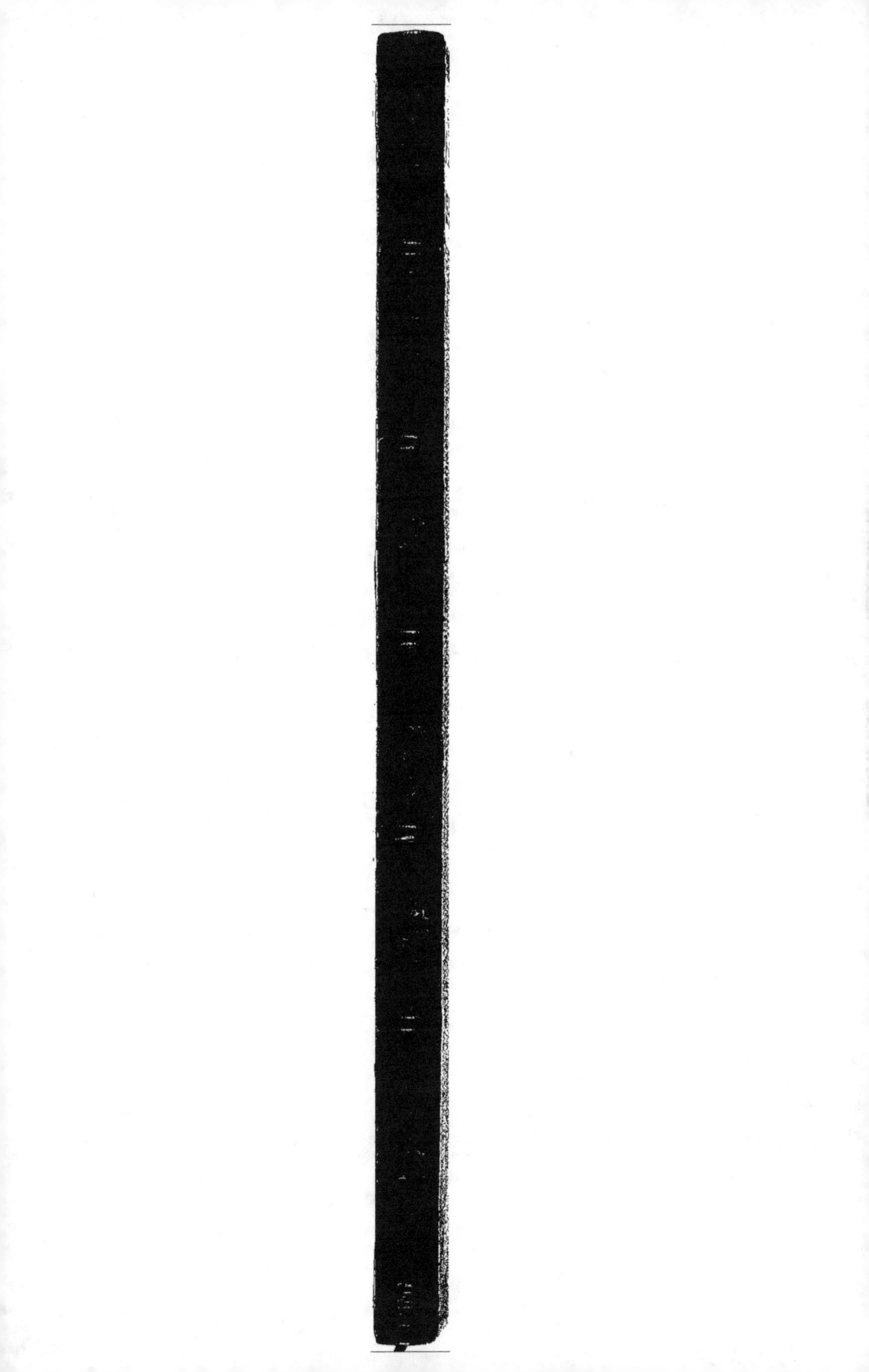

www.ingramcontent.com/pod-product-compliance
Lightning Source LLC
Chambersburg PA
CBHW060442260626
47161CB00005B/2032